U0586959

FLORET
READING

小花阅读

我们只写有爱的故事

青春阅读　　幸得相见

大鱼

有爱的青春陪伴者

QINAIDESHAONIAN,JIUDENGLE

亲爱的少年，久等了

True love

杨清霖
Yangqinglin

著

上海故事会文化传媒有限公司
上海文化出版社

·作者简介·
ZUOZHEJIANJIE

杨清霖
YANGQINGLIN

　　一个傲娇系岭南姑娘，文学生，偏爱书与奶茶，外冷内热型人格，但永远屈服于温柔。

　　享受不断感知新事物的过程，将文学视为终身梦想，希望穷尽一生写出有温度有价值的故事。

◆ 作者前言 ◆

如果喜欢，那就去爱吧！

在讲述一个故事的过程中，我也很大程度上不断地在和过去的自己告别。能够更清楚地看到自己在写什么、更明白自己现在能够写到什么程度、更愿意为之付出努力，是我在这本书里获得的馈赠。

这个故事的前半部分是在旅途中完成的，盛夏，但南京的夏天非常温柔，我想了很多个形容词最后觉得只能用这个。没有厚重的热气和灼热的光线，随处可见的文化符号，诠释着"底蕴深厚"四个字。

这是我一个人完成的一段旅行。我躺在完全陌生的空间里想：如果说每一段旅行都有意义的话，那我这次会得到什么呢？它会怎样改变我的故事？我和好朋友说：大概是让我明白有伴的旅行真的很愉快。但事实未必如此。

南京路边总是会有很多背着小冰箱卖老冰棍的人，一般是两到三块钱一根，我第一次买是因为看到一个好看的少年在卖，他站在梧桐树下笑得眉眼弯弯，很是美好。那一刻。我突然想起一句话——

"我要做的，是用自己的双脚去想去的地方，在那里遇到某个人，爱上他并深深地被他爱。"

因而这个故事里的她有些孤独，就像很多正在成长的姑娘一样，尽管身边那么喧闹，但是在没有遇到心爱的人之前，都觉得空无一物。我无意充当哲学家劝大家不要害怕孤独，因为越长大确实越会发现孤独是一个可怕的东西，幸而很多人都能遇到爱。不想那么狭隘，事实上除了恋爱，人生还有很多个能真切地感受到爱与被爱的时刻，假若你还没有遇到的话，请相信我，那些人正在为你快马加鞭地赶来。

所以，在中山南路拐角处踩到一片枯碎的落叶时，我想：也许，下一个路口他就会出现。如果是怀着这样的期待，一路上所有的景色都会变得那么值得期待。

那么，孤单也没什么关系，好的风景无人分享、留念的时刻没有人拍照也不那么重要啦，因为这段故事必然会成为往后我与他在某个愉快时刻的谈资。八一医院、回头时南师大掉落的那片叶子、明明应该走另一条路却还是神神道道地拐弯结果竟然走到了文学院、冰啤酒和辣鸭脖、被预言自己出走会被送回来结果真的找到了的身份证，好像很多事情都冥冥之中有注定，我以后肯定会变成一个非常迷信的人（笑）。

总而言之，非常愉快，看到自己在成长真的是一件很值得高兴的事情。我一定会一直写下去的，也许会写到老，也许不能。但我相信这条路只要往下走，我就一定能够得到自己想要的东西，就一定能够找寻到我想完成的那种文学，我一直这样期待着。

也希望各位能在我的故事里和美好相遇，向我或者他们交托你的爱恨与秘密。

感谢。

目录
contents

Qinai De Shaonian , Jiudengle ⌣

第一章
京大史上最帅助教

【1】

盛夏的阳光明亮刺眼，蒸气厚重地盖下来，校道的老树全在热浪里沉默。导师十一小长假飞去泰国旅行，因为对当地食物细菌滋长速度的估算出现了错误，导致自己被过夜水果捞击倒，罹患盲肠炎，成为京大第一个在泰国割盲肠的教授。而白简行因为忙于参加全国建模大赛而错过公投，在一众同门中"脱颖而出"，当选导师本学期全校本科公选课的代课老师。

第五周周二上午准时开课，他按照个人习惯提前二十分钟到达教室，开启电脑从教务系统上导入学生名单。翻到"建筑学院"一栏时，看见"温觉非"三个字，心头一跳的同时嘴角微微上扬。

久违了，温觉非。

教室的座位即将坐满，上课铃声响时他抬眼扫视了一圈，竟然没有发现她的脸。剑眉微皱，顾不上学生们见到他时诧异的眼神和四面八方对准自己的手机摄像头，他抬手松了松领带，道："看来大家刚放完假回来，都很兴奋……"

有大胆的女学生远远地扯着嗓子搭话："是因为老师长得帅才兴奋的！"

白简行权当没听见，弯起嘴角低笑一声，继续道："既然初次见面大家就这么有兴致，那我们点个名吧。"

底下立刻响起一片哀号声，他抬眼看见教室后排有一张熟悉的脸，好像是自小就和温觉非形影不离的一个女孩儿。他这时倒是想不起她的名字，只是看着她有些错愕的神情，心里便将事情猜到了七八分。

白简行偏头打开他的笔记本电脑，无意间碰到投影仪的遥控，转过来的仪器将强光打到他脸上，投射到大屏幕上的侧脸剪影精致得仿若雕刻。文档被打开，拉到"法学院"分栏时他终于模糊地认出那个女孩儿的名字，懒着声音试探地念道："朱颜。"

"到！"果然是她，反应得很是迅速，性子如其模样一般的机灵敏锐，透亮的声音听得众人纷纷侧目。

白简行满意地稍颔首，又念道："温觉非。"

教室内鸦雀无声，原本想帮温觉非打掩护的朱颜一张脸憋得通红，真是好一招声东击西，连舍生取义的后路都不留给她。白简行低着声音又将温觉非的名字重复了两遍，他开始觉得有些难以抑制的郁闷，谁能想到她竟然第一次课就敢不来？

想起她从前就是一副和人很有距离感的冷淡模样，他心里的情绪便越发复杂。他本就少的笑意逐渐收回，恢复成常见的无表情状态，道："才点到第二个名字就有人没来？那我运气真是不赖。如果在场有认识温觉非的同学，麻烦转告她，如果下次课我还见不到人，那……"

惩罚的想法千回百转，但一个都没舍得拿出来威胁她。他一双鹰隼似的黑眸望向朱颜，对上朱颜不知所措的眼神，终于把最后一句话补充上，说："我就会很生气。"

向来胆大的朱颜难得露怯，她认得讲台上的白简行——虽然比她们高几届，但读中学时他就是远近闻名的天才少年，各种光环加身，性格也酷得不行，一直以高傲冷血的面目示人。那时小到整个一中，大到半个城市，没几个人胆子大到敢惹他的。

但这都只是流传在外的名声，他真实性格究竟如何，连像温觉非那种能被他亲奶奶收入门下当关门弟子的存在都没能知晓，实在神秘得很。

想起温觉非每次听到他名字时的表情，无比强烈的不安感便涌上心头——她有预感，白简行和温觉非之间，即将上演一场无比精彩的大戏。

次日，白简行从研究生楼走出来，很快被蹲在绿化带旁的那一群围观女孩儿的身影唬住。他预感前方可能有"危险"，停下脚步等身后的学长跟上，身侧有伴了才终于安心走进绿化带夹住的校道，往沙盘实验室走去。在等白简行的女孩儿们多是大一大二的学生，带着一股子年轻女孩儿特有的新鲜感和好奇心，见到本尊就难以自制地犯起花痴，激动道："右边那个，穿着白衬衣的！"

"就是热搜上那个京大最帅助教？这也太好看了吧？"

"对，曼海姆大学高才生，身高一米八七，腿长一米一二，据说还有六块腹肌……"

暗含着兴奋的谈论声听得学长直皱眉，虽说身侧这个刚入学的

学弟平日里怪随和客气的，但从眉梢的那股子凌厉来看便知道他绝
非善茬儿，据说还是他的导师特地从德国挖回来的人才，这几个姑
娘这种刨祖坟式的议论……果不其然，学长还没想完，身旁的白简
行就微微顿住，饶有兴致地转过脸去问报出他身高的那个女孩儿：
"你怎么知道这些？"

那个女孩儿受宠若惊地瞪大眼睛，蒙了好一会儿才回过神，答
道："是、是网上看到的……"

"严谨来说：我腿长一米一五，腹肌……"他故意停顿了一下，
嘴角扬起的笑意和他身上的西服互衬，形成一种与生俱来的禁欲感，
"有八块。"

学长猛地就感受到了升腾而起的一股荷尔蒙气息，暗叫救命，
这人真的能无形之中把人撩到腿软！

他连忙在各位姑娘彻底失控之前将白简行拖走，拖进相对安全
的实验楼内。

楼内仍然有很多穿着实验服穿行的学生，见到气质出挑的白简
行，也压抑不住八卦之心不住地侧目和议论。学长轻叹一声，拍拍

白简行的肩膀，说："人红是非多啊兄弟。"

完全没搞清楚事态的白简行这才问道："红？我什么时候红的？"

学长讶异于他的不知情，反问道："那条微博你没看到？你昨天给林教授代课时，学校 BBS 上就把你的照片刷爆了，晚上有人搬到了微博，现在正挂在热门微博榜榜首呢。"

他昨晚一直忙着处理一个实验项目的相关工作，根本没那闲工夫关注社交软件。电梯还没到，白简行摸出手机点开微博，在热门微博榜首看到那条转发、评论均已过万的微博，上面放的是自己昨天上课时几张高糊的抓拍，配文："别人家的老师真是从来不会让我失望。"

点开评论，是清一色的慨叹与赞美：

"京大学生表示，这些照片拍得还不及他本人十分之一的帅。"

"学长本科就读于有'德国哈佛'之称的曼海姆大学商学院，在这种本科录取率低就到世界之首的学院里，优秀到可以直博。"

"据说这位学长的父亲是知名企业家，他本人属于不努力就要回家继承财产的类型。"

"请问我现在回去重新高考还来得及吗？"

……

粗略地浏览了一下，白简行在电梯门打开时关掉了微博。这条搅动全国无数少女春心的微博对他而言，简直无关痛痒——他向来不在乎别人的看法，汹涌而来的赞美除了冲昏人的头脑之外，一无所用。

但如果硬要说，他倒是挺好奇一个人的看法。虽然昨天没有见到面，但关于他的消息也一定会随着这次意外传到她耳中，六年未见，不知道她会是什么样的反应？

【2】

第二次课的早晨，从无数人口中得知自己被"史上最帅助教"点名的温觉非早早起了床，拎着被朝阳晒得晕头转向的朱颜来教室上课。一推开教室后门，夹杂着青春荷尔蒙气息的一股凉气扑面而来，她抬眼看到教室里一片乌泱泱的人头，还有站在讲台前正专心敲着键盘的白简行。

纯白的衬衣配黑领带，袖口卷到手肘处，露出匀称结实的手臂。衣服的下摆扎进腰中，恰到好处地显出他宽肩窄腰的身形，整个人看起来清冷禁欲，兼具一股不拘束的沉稳与势在必得。

和六年前有很大不同，他从冷漠的少年长成了内敛成熟的英俊青年，但不变的是人依旧好看得紧，她在心里淡淡地评价了一句。想起六年前她拜入淑慎奶奶门下开始学习国画，和他不过是互相在特定节日送过一次礼物的交情，并无过多交集。何况淑慎奶奶学生众多，她算不上最出挑的那一个，对于那时就待人非常冷漠疏离的白简行来说，应该是从来没有被记住过的存在吧。

这么想着，烟波流转的眼睛懒懒地往右侧一看，刚好和一个坐在过道旁的男生对视上，只一眼就让他看红了脸。

明明是高瘦寡淡的身架子，摇曳的马尾偏又显出一股少女的机灵感。大概美人儿都自带这种复杂而迷人的气质。

上课铃响时，教室已然人满为患，前前后后挤满了校内外前来蹭课的人，这在京大可向来都是名教授们才有的待遇。白简行抬手把麦克风的音量调到最大，打开PPT认真地上起课来。中学时代的记忆里，他一直都是不苟言笑的俊朗少年，没想到现在当起老师了，竟然还能帅出另一种稳重正派的感觉来。该严肃时严肃、该风趣时风趣，自信沉稳的优雅姿态，令人如沐春风。

朱颜打开学校论坛，看到实时热门帖上白简行的照片，连声慨叹道："啧啧啧，看来当年的校草大人哪怕是成了老师，魅力也依旧不减当年啊。"

温觉非闻言轻笑，不置可否。从前他便是众人视线的焦点，总是被许多双眼睛热切地注视着，但从不给人接近的机会，妄图靠近他的人几乎全都铩羽而归。尽管如此，女孩们依旧前赴后继，在他身上堆叠起来的关注，将六年前的她远远隔离开。

这次课白简行倒是没有点名，三节课很快就结束了，温觉非和朱颜坐在位置上，想等人群散开再走。朱颜却忽然用手肘捅了捅温觉非，温觉非顺着她看戏一般的眼神望向讲台，看见一个女生正拿着书在问白简行问题，而她身后还有好几个姑娘在等候，当真是排着队拿着爱的号码牌。

而白简行正拿着笔在纸上解题，努力在她们有些过分的热情下保持着绅士风度，但为首的那个女生显然不想顾及他的感受，伸长脖子想看他写字，整个人都快贴到他身上去了。不管白简行换着方法把题目讲多少遍，她都还是瘪着嘴，泫然欲泣道："老师，你讲得好好，可我还是听不大懂……"

崇拜、撒娇、示弱三管齐下，加之姑娘本身相貌姣好，一张小脸也红得恰到好处，换作一般男人肯定承受不来。

朱颜见状懒洋洋地调笑道："现在的小姑娘哟……"

温觉非坐在位置上定定地看着白简行，神情淡定，眼神坦荡。白简行很快感受到了这道不加掩饰的目光，抬眼看过来的刹那浮出笑容，停笔唤她："温同学，你来给她讲一下这道题吧。"

温觉非微微一惊，他竟然还记得她？

一侧的朱颜显然也没想到，看着白简行深深注视着温觉非的模样，心想他真是不怕当众丢面儿，温觉非这种冷性子怎么可能给他解围？

结果白简行话音一落，温觉非就起了身，在走过去的同时，一双杏眼还冷冷地盯着那个女生蹭着白简行的手，直到她露怯地将手往后缩。

三两步走到讲台上，温觉非瞥了一眼书本上的题目，不着痕迹地站到白简行身侧，将他和其他人隔开。她的声音轻软，却透出一股冷气："根据基础运算得出最大值系数为 0.7，再结合已知公式

A和D,对市场状态和损益值进行对比运算,可知丙方案为最佳方案。这么说你能明白吗，这位同学？"

女生心里不高兴，脸蛋憋得通红，捏着拳半天后终于点了点头。

白简行抱臂笑道："看来，温同学比我更适合当老师。"

"哪里？这些同学想跟白老师学的，我可教不会。"

白简行明白她话里的意思，不怒反笑，不着痕迹地将话题一换："上次课怎么没来？"

温觉非感觉自己被哽了一下，半天没法答上话，白简行又道："我虽是想偏袒你，但毕竟全班同学都知道了你缺席的事情，这旷课的10分平时分我是必然要扣了。但相对地，你也拥有一次弥补的机会。"他拿起手边的一沓学生名单，一双深邃的眼睛定定地望着她，好像还有隐隐的笑意，"课代表期末加10分。"

每门全校公选课都需要一名课代表，主要负责点名、处理平时作业和课程信息的上传下达。工作不多，她也想不到拒绝的理由，只能答应下来。

白简行从衬衣口袋里摸出一张名片，在温觉非转身前对折递到她眼前："留个联系方式？"

在场举着手机想获取白简行联系方式的各位女生闻言，羡慕不已，纷纷附和道："老师，我们也想要……"

白简行笑得玩味："那得看温觉非同学愿不愿意分享了。"

温觉非懒得陪他扯皮，原本仍想维持高冷拒绝他，余光却扫到其余女生虎视眈眈的眼神，忙伸手轻轻一抽，把那卡片攥进掌心，嗓音凉凉地故作轻松道："不要白不要。"

女生们怨艾的声音响起，唯独白简行的笑止都止不住。

【3】

加入社团在大学来说，也算是一门必修的功课。大一时温觉非因为忙着照顾妈妈而错过了社团游园会，但又不希望自己在社团经历方面一片空白，便随着朱颜一起报了京大浥尘棋社。棋类游戏虽已经是面临小众化和老龄化的活动，但浥尘棋社在京大仍有着十分响亮的名气，不仅因为其每年必拿国赛金奖的整体实力，更是因为时任浥尘棋社社长的美少年陆子泽。朱颜正是因为在军训时一眼相中陆子泽的盛世美颜，才像其他无数个怀春少女一般，义无反顾地选择加入棋社。

但温觉非选择棋社围棋组，其实还有私心的，虽然从未向人提及过。新学年的招新仍然因为陆子泽的留任而显得十分热烈，当然也因为报名女生过多，出现了相当严重的男女比例失调问题。在社团新成员的名单终于定下来之后，棋社照例收到全国大学生棋类比赛的邀请，要求社内二年级以上的成员都必须报名参加。

这可难住温觉非了，她本身就没有半点围棋基础，大一时又因为家事繁杂，甚少参加集训，导致棋术至今还停留在新手水平。这会子要求她上场与人竞技，怕是只会丢光棋社的脸。她越想越觉得头疼，手机忽然振动起来，是淑慎奶奶怕她忘记今晚要一起吃晚饭的事宜，特地打来催她的。

淑慎奶奶这几天来京参加特别展览会，心里最惦念的就是自己的独孙和学生里最年轻的温觉非。这份沉甸甸的挂念听得温觉非心头微暖，又听见电话那头隐隐传来白简行的声音："奶奶，是谁？"

淑慎奶奶笑道："是觉非。"语气竟不像是给孙子介绍一个许久不见的学生，反而更像是两人已经无数次地谈起过她一样。

"聊晚饭的事吗？我下午也有课，结束之后顺便去接她吧。"

淑慎奶奶闻言，高兴得连说了几个"好"。温觉非不敢拂老师的面子，所以在下午上过三节中国古代建筑史之后，她抱书回寝室换了一身奶奶喜欢的素色长裙，提着午休时挑好的礼盒乖乖等在寝室楼下。也不知道是智商有差距还是怎么的，温觉非将白简行微信上说的那句"在寝室楼下等你"，理解成了与普通朋友无异的等待，以为他真的只是顺路和自己结伴同行，却不曾想他竟直接开着一辆极其抢眼的黑色 BENZ GLS500 停在寝室楼前的校道上，为表绅士还特意下车，站在副驾驶车门侧等着她。

挽起衣袖的白衬衫，欲开未开的领口，高挺的鼻梁上架着金丝眼镜，这肯定是所有校园纯爱漫画中极力刻画的男主角形象，光是站在那里就足以吸引一大片目光。路人纷纷侧目，楼上的女生不顾危险地从阳台上探出头来张望，甚至有几个自认和他相识的姑娘在路过时故意和他搭话，笑着揶揄说："白老师，这么大阵仗，在等女朋友吗？"

白简行一双眼睛深邃漆黑，竟难得地回了话，语气是一反常态的轻松愉悦："我奶奶要见她。"

一句话把姑娘们惊得不知应作何反应，纷纷嘴碎地和身旁的人讨论起来："见谁啊？该不会是国贸系的秦婉吧？我听说她每次下课都缠着白老师问问题……"

"她？不就是她爆的料，说白老师对建筑系的温觉非一见钟情吗？"

"是吗？我看她还挺喜欢白老师的。"

"她虽然说长得还行，但是配白老师我觉得不大可以……"

"来了来了！"

众人的目光随着白简行迎过去的背影看去，他一直等待着的是位纤瘦高挑的女孩儿，五官清秀小巧，走路时白色纱裙的裙摆微飘，美得仿若仙气缭绕。

"是建筑系的温觉非？"

"他们前几天才第一次见面，这就见家长去了？"

"这进度，够刺激，我喜欢。"

"一时之间不知道该羡慕谁……"

……

于是，在温觉非按照白简行的示意低头坐进副驾驶座上时，"最帅助教约会建筑系女神，携手回白家拜访长辈"这一猝不及防的浪漫戏码，已经在京大八卦圈以难以估量的速度传扬开来了。

Qinai De Shaonian , Jiudengle

第二章

原来心动在是年少时，

不与任何人述说的秘密

【1】

车子平稳地驶出京大校门，白简行专心致志地开着车，温觉非坐在副驾驶上，眼角不经意地瞟到他的手指。这真不愧是一双从小弹钢琴的手，她记得从前在白家上课时，偶尔会听到楼上白简行的房间里传来钢琴声，伴着乐曲作画倒也是愉悦的记忆之一。他的手白净修长，骨节分明，无名指上还戴有一枚银色的男款戒指，好看得像戒指广告上的专用宣传图。这样想着，不禁有些发愣地多看了两眼，一抬头却正好撞上他的目光，心率莫名就变得凌乱起来。

白简行问："你在看什么？"

温觉非有一瞬间的窘迫，还没来得及回答，他恍然道："哦，看我的戒指？"说完下意识地瞟了一眼右手，又补充了一句，"这是一款婚戒。"

根本没细想无名指上戴戒指是什么含义的温觉非一下怔住了，

他的话犹如汹涌而来的声波一般，瞬间将她的意识吞没掉。仔细算来，他今年也二十四岁了，早就到了我国法定的结婚年龄，如果是在德国的话，更是年满十八便可以注册结婚了。

想来真是惊讶，京大数千女生的新晋男神私下里竟然已经婚配，想来号称"无八卦不晓"的京大八卦圈也并没有那么神乎其神。她后知后觉地往车门方向挪了挪，以示和他保持距离，嘴巴还是下意识地问出一句："您太太是德国人吗？"

白简行闻言转头看她，入目是她努力自控但仍然有些不自在的神色，嘴角便噙上饶有兴致的笑意："你好像还挺在意我有没有结婚这个问题？"

温觉非凉着嗓子给自己找了个台阶下："我还行，其他几千个京大女学生应该比我在意。"

白简行轻笑道："我还没结婚。戒指是二十岁时奶奶挑给我的礼物，说是戴在尾指防小人。老人家不懂款式，挑得又稍微大了，就只能戴在无名指了。"

温觉非闻言后愣了半天，他又笑说："但这戒指还替我挡了不少麻烦。"

戴在无名指上的戒指能挡掉的，多数是桃花泛滥的麻烦。所以他才会一上来就说是一款婚戒吧，温觉非心想，也许也是在告诫她不要抱有非分之想，一时之间竟不知道说什么才好。

有零碎的光线伴随着断断续续的喇叭声钻进来，白简行感受到气氛的不对劲，刚好前方有红灯，便一脚踩下刹车停车，转过脸来认真说道："我是单身。"

温觉非又愣了，看着白简行那双真诚的眼睛，他一脸正色地说道："我好像一直都没有正式地认识你。我今年二十四岁，和你来自同一个城市，初高中都和你同校，我家的地址相信你也清楚，这些基本信息我就不赘述了。而更私人一些的，就譬如：我没有恋爱过，到现在还是单身。我觉得这些事还是有必要让你知道的。"

温觉非被这一连串自报家门的信息轰炸得有些晕厥，下意识地顺着话题接茬道："为什么没有谈恋爱啊？"

白简行顿了顿，说："以前喜欢一个女孩儿，但因为性格原因，好像错过了。后来遇到过很多人，都总觉得不如她。更何况恋爱对我而言，并不是人生的必需环节，遇不到合心意的，就没必要开始。"

温觉非认同地点头，白简行又说："要了解一个人，光知道这些是不够的。但是，你可以尝试着来认识我。毕竟来日方长。"

印象里一直拒人于千里之外的他竟然能说出一番这样言辞恳切的话，温觉非受宠若惊之余又觉得心头微暖，便软了声音回答道："好。"

绿灯亮起，她抬眼往前看，夕阳的光照在柏油马路上，绵延了很远。

【2】

白简行的公寓在京大附近，十六楼，采光格外好。温觉非进门时，淑慎奶奶正独自坐在客厅里戴着老花镜看报，满头的银发照旧盘得整齐，上面别着一根翡翠簪子，显得别致优雅。皮肤虽层叠着许多皱纹，却显出透红的象牙白。

淑慎奶奶是名满全国的国画艺术家，今年虽已七十有六，但心态开明豁达，借着"还年轻"的精神头到处去旅行。白家人自然是不放心老太太独自出门的，雇了一个阿姨专职打理奶奶的日常，眼下正在厨房里准备着晚饭。

抬眼看见温觉非，淑慎奶奶喜笑颜开，连忙放下报纸，眼镜都顾不上摘便迎了上去。干瘦温暖的手触到温觉非肩头时，原本满是笑容的淑慎奶奶微微皱起眉，站在客厅入口处细细将她打量了一番之后，心疼地问道："小丫头，怎么又瘦了？"

淑慎奶奶话里的关切暖到温觉非，她向来喜怒不表的眼睛里露出温柔的笑意，抬手亲昵地挽住淑慎奶奶，轻声道："可能是最近开学太忙，掉了几斤。今天来看您，就指望着在奶奶这儿补回来啦。"

淑慎奶奶听得呵呵笑起来，除了独孙白简行外，她最钟爱的就是这个小徒弟。模样如精雕玉琢不说，又是一副不好争抢的冷淡性子，待亲近人时却掏心掏肺。她疼爱地拍拍温觉非的手背："忙什么呀？"

"最近学校棋社要参加国赛，让我们都得报名参加。您也知道的，按照我那棋艺水平，要是贸然上了场，那可真是灭了祖了。"

言毕，突然瞥见在玄关处埋头找着什么的白简行站直了身，手里拿着一双一次性拖鞋，一边拆一边朝自己走来。正纳闷怎么回事呢，他忽然蹲下，骨节分明的一只手拎起原本瘪下去的鞋面，抬头和她目光相接的一刻她便已经会意，将踩在冰凉地板上的脚伸过去，乖乖穿好了鞋子。

一连串动作默契流畅，连一句多余的话都没有，看得淑慎奶奶眼睛一亮，再次生出撮合的心来。淑慎奶奶先是故意装出一副愁苦的模样，道："丫头啊，你看你简行哥哥也二十四岁了，一个京大的博士生，竟然从来都没有谈过恋爱，我这心里……"

"奶奶，您别，现在哪是说这个的时候。"白简行好像知道奶奶接下来想说什么，有些着急地打断了。

温觉非却听得一头雾水。她抬眼看到白简行脸上一片可疑的绯红，联想起刚才他在车里和自己说的一番话，恍然大悟道："我知道了。你们的意思是，让我给白老师介绍女孩子认识？"

此话一出，狠狠惊住在场显然别有用心的祖孙俩。白简行简直一副被雷劈了的表情站在原地，定定地盯着温觉非看了半晌，最后恨恨地从牙缝里挤出几个字："你觉得，我是那种需要人介绍才能恋爱的男人？"

温觉非一脸无害："不是吗？"虽然从理论上看他肯定不是，但万一呢？

还是淑慎奶奶高明，顺着话茬儿就接了下去，和蔼地拍拍温觉非的肩膀，说："他是，他是。丫头，你先和他接触一段时间，替你的朋友们考察考察他。要是觉得不错，再给他介绍几个……"

"几个？"温觉非有些难以置信。

"不不不，一个，一个就够了。"

温觉非寻思淑慎奶奶说得也有道理，白简行虽然脸色千变万化，但也没有反对的意思，便只得点头勉强应承下来，但心里对把谁介绍给他这件事根本没个底。淑慎奶奶喜笑颜开，拉着两人到客厅坐下，泡着茶开始闲话家常。

淑慎奶奶都还能记得温觉非到白家大院来的那个雨季，雨滴扑簌簌地打在北房右侧的枣树叶片上，瘦得微风一吹即倒的小姑娘被带到她跟前。

洗得发白的蓝色连衣裙，她怯怯地捏着裙摆，一双黑白分明的翦水眸里交织着惶恐与忧郁，很难让人相信这是一个十来岁的孩子拥有的眼神。

白家从祖上便是名门望族，培养出来的不是位高权重的政客，就是才情惊人的学者，淑慎奶奶便是其中最好的代表。仅是"当代著名国画家"这一个名头，便足以吸引无数人踏破门槛地将孩子送来白家学画，甚至有培训机构出重金聘她讲学，均被她一一回绝。

淑慎奶奶收徒，不仅看学生天赋，更要看师徒间的缘分。白家

和温家素有渊源，温觉非早已去世的奶奶是淑慎的至交，早在温觉
非还年幼时，她便被孩子眼里的灵气惊艳过。后来温觉非父亲病逝，
温母为了能让她考上市一中特意培养她走艺术生的道路，循着门道
来求白家收徒。淑慎奶奶记得温家的丫头，便想都没想便答应收人。

　　温觉非早慧，但入门晚，教她的时间自然是要比其他学生多的。
往往是下午上课，直到白简行下晚自习回来，温觉非都还在白家画
着画。但两个孩子那时候都害羞，连偶尔坐在一起吃饭都不多说半
句话，表面上看起来真是没半点交集。淑慎奶奶还有些发愁这两个
孩子怎么都这么乖僻呢，直到有一天她在白简行书桌底下捡到一张
写有温觉非名字的小纸团。

　　原来心动在是年少时，不与任何人述说的秘密。

【3】

　　想起数年前的这些事情，淑慎奶奶不禁笑起来，宠溺地拍拍温
觉非的手背。在厨房忙活的保姆阿姨探出头来说晚饭已经快好了，
淑慎奶奶便遣温觉非去洗手。温觉非顺着奶奶指的方向进了卫生间，
出来时路过大门敞开的卧室，借着客厅的光一眼就看到了挂在墙上

的一幅山水画。

当年高三的白简行收到德国曼海姆大学的OFFER，如愿要出国攻读管理学学士。白爸爸为他举办了一场非常盛大的大学宴，邀请了白家所有的亲朋好友，其中自然包括淑慎奶奶的各位学生。

那年她尚且小，家里又没大人指点，不知道什么礼物才称得上拿得出手，就自己动手画了一幅画送给他，以表祝福。那是她最擅长的浅绛山水画。秋山明净如妆，山势高远，烟云秀美。以一座飞檐楼为眉目，楼匾上书"明月楼"，倚山而立，檐上还有一轮清冷的明月悬在空中。整幅画最大的不足在于缺题少目，因着那年书法还是她的短板，怕贸然题词会弄巧成拙，便只寥寥盖了一个刻有她名字的朱红色印章。

他居然还留着。从小看着淑慎奶奶那种国宝级别的书画作品长大的人，房间里挂的，竟然是她刚入门不到一年时画的一幅生硬稚嫩的作品，这种做法实在是匪夷所思。

她正疑惑着呢，白简行不知何时来到了她身边，伸手打开了卧室里的灯，道："怎么了，我房间里没藏着什么宝藏啊。"

光线在一刹那填满房间，入目是简约风格的家居布局，干净整洁的床和书架、略微凌乱的游戏卡碟，温觉非这才发觉自己的画被挂在房间布局的最核心位置。这时再找别的借口显然过于虚伪，温觉非老老实实地指向墙上那幅画："我在看它……"

"你还记得它？"

"当然，画得太丑了，一眼就能看出来是出自我的手笔。"她吐槽起自己来也是毫不嘴软，"没想到你还留着。"

白简行垂眸看她，片刻后才答："是啊。还留着呢。"

一句对对话毫无推进作用的回答让气氛有一瞬间的凝固，温觉非略感尴尬，便决心将自黑进行到底："挂着它来当反面教材，不失为一种很好的自我激励方法。'如果不努力就只能和温觉非一样，努力了那么久才能画出这种水平的画了'，这么想来……"

他忽然开口打断："不是。就是挺喜欢的，就挂着了。"

"可是连山线都画坏了。"

"画坏了也没关系。我就是挺喜欢的。"

话已至此，温觉非再不识趣地吐槽下去就没意思了，反正被欣赏也不是一件多令人讨厌的事，他只是单纯喜欢这幅画的话，也没什么不可以的，她再纠结下去反而显得过于自恋了。于是，她轻笑道谢，白简行答："我谢谢你才对，这毕竟是你送给我的。"

温觉非只得干干地回了一句不用谢，白简行抬手去关灯，光线消散那一刻他低声说："说实话，你以前总给人感觉怨怨的，有点戾气。可是现在看你，觉得柔和了很多。这些年，你一定遇到了不少温柔的人。"

白简行对她的了解，应该还只停留在六年前。知道她年幼父母离异，九岁丧父之后，母亲也不愿意接她去身边照顾，只有到了寒暑假这种长时间的假期，她才偶尔会被接去外公外婆家小住。其余的时间里，她不是住校就是回爸爸留给她的那栋小房子里住，一直都是过分独立地长大的孩子，就像个孤儿。他不知道后来她遭遇了什么，所以不知道她会改变至此也是正常。但有一点他说对了，她确实遇到了很多温柔的人。

温觉非说："长大了，自然就会有些变化。你不也从大魔王变成了好老师吗？"

白简行不置可否，只是低低一笑。两人一同往饭桌走去。

大大小小的菜碟摆满了原本就不算大的餐桌，落座时温觉非正数着菜呢：干煎豆腐、清蒸鱼、白灼虾、红烧狮子头、清炒菜心……

淑慎奶奶说："丫头，这可是按照你的喜好准备的，连老火汤都煨的是你最喜欢的玉米龙骨汤。"

温觉非闻言会意，甜甜一笑："谢谢奶奶。"

"谢我做什么？"淑慎奶奶掩不住的笑意，用眼神向温觉非示意，"是他出的菜单。"

他怎么记得她喜欢吃什么？

虽然疑惑，但温觉非还是维持着那个客气的笑容，朝着坐在身侧的白简行说："谢谢白老师。"

白简行面对这样的温觉非，简直毫无招架之力，不自然地轻咳几声，学着奶奶的语气正色道："谢我做什么，是阿姨做的菜。"

温觉非只得又谢谢阿姨，淑慎奶奶被她这个模样逗得直笑："这坐下来还没两分钟，就骗得我的丫头把全桌人都谢了个遍！"

众人皆笑，随之开始吃饭。温觉非出门前将头发披了下来，低头夹菜时发丝总会不听话地倾落，好生碍事。但这毕竟是白简行个人公寓，一个男孩子总不会有什么束发皮筋，若是说了肯定又得折腾大家一阵忙活，温觉非便一直没有说话。身侧的白简行却不知怎的，吃了几口便放下了，起身走进房里，不一会儿后拿着一条红色丝带出来，像是从某个高档礼盒上拆下来的。他走到温觉非身侧，问："我帮你还是？"

温觉非受宠若惊，没想到自己这样的小动作都能被人照顾到，忙不迭接过丝带道谢，表示可以自己来。只可惜她绑带技术有限，丝带挽住头发后无论如何都绑不成结，正当她急得满头大汗之际，一只暖而干燥的手伸来捻住了丝带，二话没说帮她扎了一个漂亮的蝴蝶结。

是白简行。温觉非又道谢，他哭笑不得地揶揄："你是道谢复读机吗？"

"是真的谢谢你嘛。"

站着的白简行看到她亮晶晶的眼睛，乖得像小动物一般，心道平日里看起来那么冷淡疏离的女孩儿，怎么也有这样可爱的一面？便一下没管住手，摸了摸她的发顶，笑道："不用客气。"

几个人其乐融融地吃过饭，温觉非再陪淑慎奶奶坐了一会儿，在天色完全暗下来之后起身告别。

白简行说送她，先行一步下楼取车。温觉非照例坐进副驾驶，座椅已经调好了宽度和倾斜度，颈枕非常柔软，她一坐进去便觉得非常舒适，果然豪车就是有它昂贵的道理。而白简行虽是刚拿到国内驾照不久，开起车来却非常稳妥，加之车子隔音十分好，犯了食困的温觉非很快就睡着了。

迷迷糊糊中她做了个梦，是六年前她跟着淑慎奶奶学画画没多久的那段日子。零下的温度，大雪隆冬，是一年里最寒冷的时节，万物都被寒冬磨灭至凋零。那天好像是她的生日，撞上年级月考，而妈妈又在外地忙着工作，根本不会有人有空管她是不是过生日。

不过也罢，她在早起时收到了朱颜的礼物，已经足够支撑她走过这个无聊的日子。月考结束之后，她一头扎进学校的国画美术室，对那时的她而言，不去回想"爸爸还在的话会如何"的最好方式，就是埋头画画。

一直画到夜风敲窗，她听到高三下晚自习的铃声，惊觉宿舍门禁时间快到了，连忙收拾好画具准备跑回宿舍。国画美术室在艺术楼五楼，她一路小跑到楼下时才发觉竟然在下雪，扑面而来的冷风冻得她一个哆嗦。

然后，意料之外地，她看到了白简行。是那年十七岁的白简行，虽然见面次数不多，但她就是一眼能够看出来。他不知是什么时候来的艺术楼，按理说高三的他应该刚下晚自习，从另一条路取车回家了才是。怎么会出现在这里？

心下疑惑，她忍不住侧头看他，而他也缓缓地走进光里。她朝他点点头表示打招呼，余光瞥到他手里好像拿着什么东西，但无心深究。他却突然把手伸到她面前，低沉的声音里透出一股寒气，说："奶奶说……今天是你生日。祝你……生日快乐。"

她心下一惊，一看他手里的礼物，竟然是一枝好生装在长方体透明包装盒里的淡粉色木春菊。亮白色的灯光透过礼盒落在花瓣上，是晶莹剔透的美。她伸手接过，眼神直直望向白简行藏在卫衣帽子里的脸，看到他的薄唇像是因为寒冷而染上一股病态的白。

也不知道他来了多久，更不知道腊月天气哪里买来的木春菊，她捏着那个精致的礼盒，感觉温暖和不知名的情绪同时在身体里翻涌。

"谢谢。快回去吧，好冷。"

他"嗯"了一声就要走，她望着他挺拔的背影，想起前几天淑慎奶奶教她的各种画花草的知识，琢磨着应该是奶奶遣他来送这花的，倒也是祝福勉励两不误。但无论如何，被人惦记着的感觉很温暖，让她在这寒天冻地里也生出一种归属感。

她又不自觉地跟过去几步，看到他被雪打湿了大半的裤脚，心中疑惑更重，但不敢多问，只补了一句话说："替我谢谢淑慎奶奶。"

他没答话，匆匆离开，像是生怕被她发现什么。

这个梦也不知道做了多久，其实也根本不是梦，一切都是真实发生过的——那是年少时她和白简行之间为数不多的接触之一。

再睁开眼时，温觉非发觉车子已经停下了。车里没开灯，而她身上盖着一件西服外套，不用想就知道是白简行的，衣服里隐隐透出一股子木质香气，是他身上独有的味道。

她听见白简行的气息离自己很近，却不敢转过脸去看他。正想故意发出什么声音来提醒他时，他忽然伸手过来轻轻盖住她的眼睛，轻声道："我开灯了。"

奶白色的灯光应声填满车内，温觉非的睫毛轻扫他的掌心，他的手在瞳孔终于适应了光线之后收回。她将身上的西服拉开，一边叠一边问："我睡了多久？"

白简行看了看手表："大概四十分钟。"

"你该叫醒我的。"

他低低笑了一声，目光映着银白的碎光，毫不掩饰地落在她脸上："看你好像在做一个很开心的梦，一直在笑，就没叫醒你。"

将梦里的内容和这句话联系起来，温觉非难以自控地红了脸，抬手揉了揉自己的脸颊，细声问："笑得很夸张吗？"

白简行看了她很久，而后若有所思地点头，道："像梦到自己中彩票一样。"

有点丢人，温觉非腾地红透了脸，垂头看见自己怀里叠好的外套，羞得直接把脸埋了进去。

白简行见状忍俊不禁，眼里的光随着笑声波动："逗你的，只是在微笑。"语毕又补上一句，"笑得还挺好看的。"

温觉非的脸埋得更深了。

白简行像是忽然想起什么一样，问："刚到家的时候听你说要参加棋赛？你是学什么棋的？"

温觉非答："围棋。"

白简行有些讶异："你也喜欢围棋？"

温觉非知道他为什么用"也"，当年白简行就是以"天才围棋少年"这一头衔名满一中的，连续好多年拿下全国围棋大赛金奖，举手投足之间也尽是一个年轻棋手应有的内敛而神秘的风范。

"说不上喜欢，就是……莫名其妙地就选了。"

白简行点头，说："我也很喜欢围棋。不过很久没下了，在国外很难遇得到喜欢围棋的朋友。有空的话，我们可以一起切磋一下。"

"我哪里能和你切磋？我简直是棋社里最差劲的成员了，比新手都不如。"

"我可以教你。"

温觉非说："一般很少有人愿意教新手，一起下棋的话你的体验感会很差。"

"也不见得所有棋手都会这么想。只要教的人够重要，自己的体验感可以暂时放到一边。"

"但我真的很不擅长……"

"不打紧。我拿国赛金奖也是很多年前的事情了，说不定现在也下不好。对了，你知道我拿过这个奖吗？"

温觉非点头，心说，怎么不知道？他每一次拿奖，不管是关于棋赛还是别的项目，都会被电视台、广播、校 LED 大屏轮番播放，不宣传得尽人皆知绝不罢休。而也正是因为她知道——所以她大一才多了一个理由选择棋社，选择进入围棋组啊。

但后面的话都是她独自藏了许久的秘密，虽然称不上时刻不忘，但也捂在心底好生存记着。她说不清自己当年对白简行是什么感觉，所有关于他的消息都是听说的罢了，实际上她能看到的都永远只是他匆匆的一个背影，虽然近在咫尺但也同样难以捉摸。她从没有蓄意想去接近他，但大脑却时常下意识地将关于他的每一分都记得清清楚楚，她记得的越多，对白简行的感觉也就越加模糊，叫她自己都捉摸不透。

"白老师不嫌我笨，那我就不跟您客气了……"

白简行把手肘撑在方向盘上，似笑非笑地看向她，问道："你叫我什么？"

温觉非答："白老师。"

他故意皱眉装作疑惑："听不见，什么？"

温觉非立马会意："白学长。"

他仍然不满意："还是听不见，你再说一遍？"

"白简行。"

他终于点头："嗯，那棋赛的事就这么说定了。什么时候比赛？"

"大概一个月之后初赛。"

"那就每周二、四、六、日下午在南校区太空咖啡馆见，初赛之前让你上手，应该没问题。"

温觉非看他一副踌躇满志的模样，像是真的要帮她拿下金奖一样，忍不住开玩笑道："您也不用把我教得那么厉害，就到不丢脸的水平就成，要不然到时不小心拿个金奖就不好了。"

白简行听后也忍俊不禁："金奖不好吗？"

"我看过你捧金奖奖杯的照片，感觉特别沉。我力气小，怕崴了手。"

白简行笑意更深："你要是拿得到，到时候我免费给你做苦力捧奖杯。"

她面露难色，像是真的在思考要不要雇他当苦力，最后却来了一句："那……你怕是这辈子都没机会了。"

白简行无奈地笑了出来，平日里总爱板着脸的他此时笑得温和而光灿，这是因为她才有的笑容。

Qinai De Shaonian , Jiudengle

第三章
靠别的男生那么近做什么

【1】

太空咖啡馆如其名，是以太空探寻为主题的校内咖啡馆，贴满绚烂逼真的银河墙纸，星际之间明灭交错，悠扬的西方乐曲和空气里醇香咖啡豆的香气舒畅地将所有缝隙都填满。

这里是白简行给温觉非上围棋课的地方，用他收藏的一套德川蛤碁石作子，从围棋如何提子讲起，几乎称得上是手把手地带着她入门了。都说能把围棋下得好的人，往往运筹帷幄、行事缜密，温觉非在白简行身上可算是见识到了，难怪他会选择攻读管理学，世上再没有比这更适合他的学科了。

后来进阶到两个人之间可以稍微地切磋，白简行的话便少了很多，只有棋局进行到关键处时才会讲解几句，但即使沉默也丝毫不会觉得尴尬。都不是喜欢热闹的人，难得有这种互相陪伴又互不打扰的方式，反而是种享受。温觉非偶尔抬头看他，见他专注地看着棋盘思考的样子，心里会莫名地觉得柔软。

"不知道你有没有发现一件事。"手里正捻着一颗黑子的白简行突然开口，他的眼睛明明正看着棋盘，温觉非却莫名感觉自己被他深深注视着，刚才偷看他的那一眼让她感觉有些心虚，暗想不要被发现了才好。

她力作淡定接话："什么？"

白简行落手把黑子放在防御格局之中，抬起眼定定地看她，一双眼睛比身后的星河墙纸还要漂亮绚烂："你每次看我的时候，我都悄悄转向左边。"

果然被发现了！

温觉非蓦地觉得脸颊上蹿起一股热气，心里要推脱解释的想法千变万化，却一句都说不出来。他却不以为然，好像她天生就应该总是看着他一样，悠悠然地补了一句："我左边脸比较好看。"

"……"

突然有些无语，温觉非瞬间淡定下来，她大大方方地端详了一遍他的左脸，然后微笑着反问一句："那我哪边脸比较好看？"

白简行没想到会有这么一句，脸上有疑惑的神情。温觉非挑眉回敬他，说道："你不看我的话，怎么知道我在看你？"

"……"

气氛在刹那间升温，两个人各自坐着不再言语，却都红了耳朵。

【2】

而即使不上课时，温觉非也常会在南饭堂自己喜欢的一家面馆前遇到他。在她还惊讶着的时候，白简行就站到她身后开始排队，还一脸意料之内地搭起话来："好巧。今天好像又热了一些。"

她只得乖乖接过话茬儿："这里的天气总是反反复复的。"

"以前在家那边上学，总觉得天气一变就变到底了。"

"是啊。我还记得到了盛夏时节，最热的时候，市一中的校园到处都是旺盛生长的植物，那个时候感觉很美。"市一中是国家级重点中学，百年老校，保留下来的古色建筑和大片的特色植物交织在一起，形成四季都鲜明绝美的风景。

"看来你很喜欢一中。"

温觉非不可置否地点头："最喜欢一中的夏天。"

同是一中的学生，两个人很快找到共同的话题，漫长的排队时间也显得不那么难熬了。站在温觉非前面的是一个男孩子，她惦着脚想看看前面的队伍有多长的时候，难免不小心地蹭到他的书包，但她并没有多在意。前面还有五六个人，她正想回过头告诉白简行呢，突然感觉自己的书包被轻轻往后拉了一下，她一个重心不稳就像只小球一样隔着书包靠进了白简行怀里。

温觉非一惊，然后听到白简行那把低沉得堪比汤姆·希德勒斯顿的声音从头顶上传来，还带着他温温的气息，让她感觉像是被烫了一下。他说："靠别的男生那么近做什么？"

温觉非感觉自己的心脏像是被猛捶了一下，差点不能跳动。忙不迭站好之后，发现队伍已经往前挪了，她跟前空出了好几步，但一时之间竟然不知道该不该往前走。

这时白简行又笑了，抬手轻轻揉她后脑的头发，声音"苏"得像是带有魔力的某种咒语："走啊。我刚才开玩笑的。"

这玩笑开得，她后脖子都热了。

然后，和他一块吃饭也是非常顺理成章的事情。两个人吃饭肯定会比一个人吃要慢一些，某一天温觉非给朱颜带饭回去迟了约半小时，被发觉不对劲的朱颜追问，她只好和盘托出。

朱颜听后抱着饭盒笑她："啧啧啧，他肯定是对你有意思。只要是存心想等你一起吃饭的，南饭堂一蹲一个准。"

　　"为什么？"

　　"你这人，又专一又恋旧，连吃饭都是认准了几家店翻来覆去地吃，这换谁谁猜不到啊？"

　　朱颜所言属实，但温觉非无论如何不能认可白简行对她有意思这句话，他是什么级别的人物？人们总是说特别羡慕那种是有能力不当废物的人，抑或是有条件当废物的人。而白简行却是两种结合的存在——有条件当废物，却能力强悍到不需要当废物，这种人怎么可能对她有什么想法？

　　但，不仅是朱颜一个人这么认为，全校关注着温觉非和白简行的人们也全都这么认为，以至于每次她和白简行一起吃饭，都必然会在京大 BBS 上掀起一阵八卦的狂风热浪。

　　两个人都默契地没有去做任何解释，一来觉得没有必要，二来若是专程解释了，反而显得过于刻意了。倒是陆子泽看到帖子后有些心神不宁地打来询问的电话，让温觉非觉得有些心烦。

　　真的假的有那么重要吗？假的他们信以为真，真的他们又倍觉荒唐。

【3】

某个周六傍晚，温觉非收拾好东西后准备去医院，按例在隔壁公寓楼下的便利店买了一罐红肉猫罐头，准备先到旧运动场去喂流浪猫。京大的野猫不多，都只在旧学区徘徊，常来去无踪，因而得不到什么关注。温觉非倒是和其中一只老猫比较"相熟"，它像是天生喜欢亲近温觉非一般，第一次见面就紧跟在温觉非身后，往后更是每周五都准时出现在旧运动场区域，等候佳人赴约。

走过老旧的塑料跑道，在旧围墙前的器材室门口就能见到它。它一般横卧在那里，浑身金黄的皮毛被光线照得亮亮的，像是不知名的小宝藏。但今天和往常有些不同，走在空无一人的塑料跑道上时，温觉非就老远地见到一个身影蹲在老猫前。是个男人，肩膀很宽，穿着严谨正式的黑西装，正很认真地抚摸着老猫。

老猫面前放着一罐白肉罐头，打开了，但看样子它是一点都没动。再走近一看，她惊讶地发现西装青年竟然是白简行，他人面前的少言寡语的冷面助教现正一脸温柔地撸着猫，还软着声音说："你怎么不吃？嗯？吞拿鱼不合口味？吃一口吧？就一口？还蛮贵的呢……"

老猫丝毫不领情，任由他撸摸调戏，本尊就躺在那儿一动都不动，实在是傲娇得很。

温觉非看着这场面，差点笑出来，没想到那么高冷的一个管理学博士，居然也会有压着嗓子和高傲老猫讨价还价的一面。

她轻咳一声走近，看见白简行抬起的脸上还有没来得及收回的笑意，差点整个人陷进去。她不知道应该怎样形容他的笑容，温暖之中不失清浅，和煦之中不乏锋芒。也许是因为他平时不常笑，才会觉得反差那么大吧。

不动声色地把已经打开了的红肉罐头放过去，温觉非说："周五是红肉罐头日，它很讲究的，这一天除了红肉就什么都不吃。"

老猫果然立即起身，缓缓地把脑袋伸向红肉罐头，慢条斯理地吃起来。

白简行仍然蹲着，颇感兴趣地侧脸望向她："看来你跟它很熟？"

温觉非没什么表情地自我调侃："老相好了。"

白简行一听，眉毛微扬，笑意满满地泛开。

【4】

老猫吃完罐头后不打招呼便跑走，温觉非和白简行一起收拾了垃圾，有一句没一句地聊着。走到连接两个校区的十字路口，温觉非告别说："我得从西门出去，还有些事情要忙。"

三个小时之后就是他们约好的下棋时间，按理说有什么急事这点时间也不够处理，一般人肯定会刨根问底。但白简行没有，他只是轻轻点了点头，说："好，路上注意安全。"

什么都没问，关心和信任却都溢于言表。温觉非第一次有这种完全被信任的感觉，好像他完全懂得她的沉默或是词不达意，她愿意说的他便倾听，她不说的他也从不深究。就像太空咖啡馆每次都忘记客人的奶糖备注，一杯咖啡总是送来标配的一份糖精一份奶精。然后巧在，他喜欢喝无糖，她喜欢双倍奶糖，一切都显得刚刚好。

"那待会儿见。"她微微翘起嘴角。

白简行却突然靠近，逆着光，像是神祇。他摸了摸她的头发，没什么笑意，寻常地回答一句："我等你。"

她却感觉瞬间被擒住，有种掉入一个巨大的真空泡泡里的感觉。

捂住狂跳的心脏，她垂下头离开，独自往通向医院的路走去。

上大学这一年多来，她走了这条路无数次，对它的记忆反而比回妈妈家还要深刻。到了病区，护士长见到她，笑着说陆子泽已经下班了，她说不打紧，主要也不是来看他的。

陆子泽是京大临床医学的学生，今年大五，在京大也属于风云人物的那一挂的。俊眉深目、温文尔雅，脑子聪明到在京大藏龙卧虎的医学院里，也照样能够拿奖学金拿到手软，且又出身于书香世家，不但写得一手飘逸隽秀的行书，更是自小就以一手卓尔不凡的象棋棋艺成名，进入京大后毫无悬念地连任了两年浥尘棋社的社长。

温觉非刚入学京大那会儿，曾受邀参加过书画协会举办的一个学生作品展览，随意递交了手边的一幅作品，结果还真被选中展出了。展览那天她去看了，在各式眼花缭乱的作品中一眼看见了陆子泽的字。那是一帖《叶有道碑》的节选，用笔上有藏有露，遒媚劲健，透出一股年轻书法家里少有的磅礴气势来。她忽然听到有人在喊印章上的名字，好奇地回头去看，入目竟然是一张有些眼熟的脸，好像早在军训时就见过，其五官深邃但神情极其温柔，和作品旦展现的风格大相径庭。

倒不会是个无聊角色，她在心里淡淡评价。后来她和朱颜聊起陆子泽这个名字，在朱颜略带激动的复述下终于想起——军训时陆子泽代表棋社给新生送过清凉，那时原本就白皙俊秀的他站在一众被毒辣太阳摧残近半个月的新生里，简直是比吸铁石还要吸睛的存在。何况他待人又温柔，亲自把清凉饮品分到每一位新生手里，必要时还送以耀眼的笑容，看得在场人无论男女统统目眩神摇，更有甚者当场昏倒——

传言是这么说的，但实际上是有个女生扛不住晒，在陆子泽走到她面前时刚好中暑晕倒了而已。而陆子泽也实在是有担当之人，看着人在他面前直直倒下，竟然也没有一丝一毫的惊慌，当机立断地把那个女生抱起，快步送到医务室去了，连一旁正喝着饮料的带队教官都还没反应过来。

不得不说，那天陆子泽的背影，真的非常高大帅气。有颜有才有地位有脑子，为人还温柔善良，他简直就是根据当代女大学生的择偶观生长的，可能像温觉非这类的冷硬心肠倒不会轻易心动，像朱颜那样活泼外向的少女可就按捺不住了。她当即就追到医务室去，拨开围观在门外的一众好事者，有些突兀地一头扎进医务室里。

校医助理费了九牛二虎之力才把那群各怀鬼胎的八卦学生挡在外面，见到无厘头闯入的朱颜，立马黑脸道："同学，我们正在照顾生病的同学，请不要擅自闯入。"

朱颜有些尴尬地看看一众病人和正坐在沙发上喝水的陆子泽，立马强压住自己的兴奋和干劲，装出一副弱柳扶风的模样，说："老师，我被晒得头疼呢，想来休息一下，拿点儿药……"

校医助理和陆子泽同级，虽是被临时调过来帮忙的愣头青，但哪能看不出朱颜的心思？她的眼神像是被 502 强力胶黏在了陆子泽脸上似的，一刻都扒拉不开来。无奈，校医助理便只得指挥她进来，瞥了一眼陆子泽那张无辜的脸时，当即决定把他招来的小牛皮糖甩回去给他："先到沙发上坐会儿吧，我们这儿还忙着呢。有什么不舒服的也可以和子泽学长说说。"

朱颜闻言大喜，忙不迭往陆子泽身边坐过去，和他四目相对的一刻还故意惊讶地说道："是你啊学长，刚才你送清凉刚好送到我们连呢。"

陆子泽听后跟着装傻，笑道："是吗？这么巧？"

朱颜点点头，还没来得及想下一个话题，陆子泽便关切地问道：

"你哪儿不舒服？"

颇有哪壶不开提哪壶的嫌疑。朱颜虽然鬼点子多，但并不擅长说谎，涨红了脸说："好像……是有点中暑……"

"是吗？"陆子泽认真看了一下她的气色，又问，"我让校医给你开点藿香正气水？"

看着在一众肤色黝黑、脸色却煞白的新生病人中忙得不可开交的校医老师，朱颜有些于心不忍，也知道陆子泽已经猜到了自己的心思，便干脆摇头拒绝道："不用，我不是来给校医老师添麻烦的，我是来给学长你添麻烦的……"看着陆子泽有些疑惑的脸，朱颜暗暗咬牙，终于鼓足勇气说出那句，"学长，你有女朋友吗？"

陆子泽愣了，心道好直接，然后微笑着如实回答说："没有。"

朱颜松了一口气，单身那就好说了，继续问道："那，我能加你的微信吗？"

气氛有一瞬间的凝固，朱颜预感到自己可能会被拒绝，连忙加码一句："因为我想加入棋社来着，学长你……"

陆子泽这才露出轻松的笑意，摸出手机轻点几下调出二维码，笑得非常官方的脸上也带着几分令人沉迷的温柔，他大概是天生的柔情眉眼："那……欢迎你加入棋社。"

朱颜就这样顺利地加到了陆子泽的微信，还扬言一定要把陆社长收服，来一场轰轰烈烈的大学恋爱。

后来温觉非被棋社闲置成边缘人物，并没有机会一睹朱颜倒追陆子泽的戏码，不过从朱颜述说的只言片语来看，应该是她才刚开始发起进攻没多久，就被棋社高强度的训练榨干了，从根本上消灭了对社长大人想入非非的念头，甚至偶尔会把陆子泽那张俊脸看成和象棋无异的存在，每逢撞见都倍觉头秃，大呼果然棋艺竞技不相信爱情。

闲人温觉非更是没有机会和陆子泽接触，只是偶尔棋社聚餐会见面，其余大多数时间两个人都只是微信朋友圈的点赞之交，直到有一天她在医院撞上了正好在科室实习的陆子泽。

那时她正躺在手术室外的墙角，咬紧牙关、用尽全力憋住眼眶里的眼泪。忽然就听到身后有个清朗的声音试探性地叫自己的名字，她如受惊的小鹿一般仓皇回头，眼泪恰巧就在那一刻夺眶而出。

他撞破了她的秘密，却用他独有的温厚柔和将她安抚，承诺会帮她保守秘密，然后便真的像亲密的朋友那样，承担起了照顾这个秘密的责任。所以他成为了温觉非大学期间交到的唯一一个异性朋友，出现在温觉非身边的频率也高得惊人。幸好两人见面都是在医院，倒不至于落人话柄。况且温觉非本身就对流言都充耳不闻，更是面对除了白简行外的所有人都心如止水，身正就不怕影子斜，她和陆子泽只是偶尔能够一起吃个饭的、淡如清水的君子之交罢了。

【5】

入秋后，校道上两排梧桐树开始落叶，整个季节的颜色都由夏末的明媚转为初秋的暖黄。温觉非提着保温桶从医院出来，刚好看见穿着白大褂的陆子泽在走廊上和主任聊天，看来是被事情绊住了，待到现在还没下班。她早前听小护士说，在这个病房里，陆医生连吊瓶换水的事情都亲力亲为。

她微笑着和他打了个招呼，走到大楼门口才发现下雨了，秋雨密密麻麻地落下来，砸在路上的水里，泛出一圈又一圈的涟漪。她没有带伞，站在阶梯前思量着要不要冒雨跑去便利店买伞，一抹阴影却忽然将她笼罩住。她抬头一看，是撑着一把黑色雨伞的陆子泽。

他的笑容温和得像南方的风："一起走吧，我也要回学校去。"

他的伞不大，两个人撑的话需要靠得非常近，她不喜欢和人这么亲近。温觉非下意识地摇头拒绝，轻声答道："不用，你先回吧。我等雨停了再走也可以。"

"这雨一时半会儿也停不了。你待会儿不忙吗？"

温觉非闻言沉默一会儿，她待会儿得赶去太空咖啡馆下棋，白简行已经等在那儿了。她抬眼看看依旧绵密的雨势，最后妥协地点头答应。陆子泽拿过她手里的保温桶，将伞往她这边侧过来，两人一同走进雨里。

附属医院距离京大并不远，抄近路不出十分钟便可以走进校内，温觉非低着头专心看路，却忽然听到陆子泽问："跟着白学长学围棋的事，还顺利吗？"

上次他打电话来询问她和白简行的事，她就是以只是跟他学围棋的理由回应的。

"还行，挺顺利的。"

"学长人怎么样，据说棋术非同寻常。"

"非同寻常"四个字让她有些微怔，眼前浮现白简行坐在她对面看棋盘时的脸，她即便是懂不了多少，也能感受到他的专业和认真。心上微微发热，她不自觉地把头埋得更低了："还挺厉害的。"

"只是挺厉害？"

"是非常厉害。"

"那和我比怎么样？"

无厘头的问句让温觉非一愣，转头看向陆子泽，目光和他温柔似海的眼睛交汇，她立马尴尬地躲开。温觉非不答反问："为什么要和他比？"

陆子泽笑了，他甚少这么咄咄逼人，但今天这个问题他非要问出一个答案不可。于是，他再次故作轻松地开口："是不用比，还是比不上呢？"

温觉非微微皱眉，下意识地和陆子泽拉开了距离，半边身子一下露在伞外，凉凉的雨水趁机浸润上来。再开口时，她的语气冷淡了许多："在我心里不存在这种比较，幼稚且无意义。"

陆子泽哑然，看着温觉非眼底那抹疏离，忽然就发觉自己问得是有些越界了，学校 BBS 上那些关于她和白简行的风言风语，实在看得他上火。但她的性子自己还不清楚吗？若 BBS 上面说的都是真的，她早就大大方方承认了，没有必要和自己打太极。相比较之下，倒是自己显得有些小肚鸡肠了。

想罢，他连忙换了个话题，和她聊起自己的近况。温觉非一直安静地听着，两个人走进校园后坐上了校内巴士，很快抵达了南校区。雨依然没有小，巴士稳稳地停在咖啡馆门外，陆子泽先行一步下车，拿着伞回头要扶温觉非。温觉非原本无意依靠他帮忙下车，但眼看他的手都伸到自己面前了，总不好在大庭广众之下拂他的面子，就象征性地伸手碰了一下他的手腕，跳下了车。

【6】

刚站稳，温觉非的视线便越过成群结队经过的路人，看到了坐在咖啡馆的落地窗前看向这边的白简行。他偏爱深色且裁剪锐利的西服，五官里的英气本就隐不住，生气时再添凌厉，一眼望去大有眉峰染血之感。温觉非忽然就想起多年前的白简行，那时的他也常用这种眼神看人，锐利而漠然，不允许任何人靠近。

她有一瞬间的慌张，但克制得很好，敛住眉眼不着痕迹地将手收回。巴士在这时启动，呼啸着驶出去。正想和陆子泽道别，他又说：

"听说白学长连续六年拿过国赛金奖，我很想认识认识他。"

温觉非找不到理由拒绝，只得和他一起进去。

坐在棋盘前的白简行一直用力控制着自己的眼神，直到温觉非主动介绍起陆子泽，才挪开眼睛，狠狠往陆子泽脸上杀过去。两人目光撞上，陆子泽报以挑衅的微笑，用去前台取菜单的名义将温觉非支走，然后主动颔首问好道："你好，白学长。我常听觉非提起你。我是下象棋的，围棋方面没有您专业，教觉非的话又怕带偏她，所以我们觉非就只能麻烦您多多关照了。"

一句话说得白简行眉头一皱，她什么时候成了他的觉非了？

气氛骤然升温，白简行莫名生出些小情绪来，但教养摁捺住了烦躁，他拿出成熟男人应有的镇定，回答道："我和温觉非之间说不上什么关照，认识这么多年了，她想要什么，直接拿就是了。反倒是有些人，张口闭口你们的我们的，倒是坏人家清白姑娘的名声。"

陆子泽毕竟也是见过大风浪的人，不动声色地将话圆了回来："那白学长可能是有些误解了，我说的做的，都只是出于对温觉非的关心而已。倒是白学长，又要学习又要代课的，公选课老师还兼职教起围棋来，对觉非真是太过关心了。"

一句话犀利毒辣，正中靶心，却也将他的急躁暴露无遗。白简行镇定地看向棋盘，捻棋一颗黑子落下，黑子打吃后灭掉左上的两颗白子。他像是答话，又像是在自言自语，说："不知道学弟有没有听过这么一句棋法？首轮气斗，状似得利，实则必败。"

　　语毕，移动白子过档，瞬间歼灭三颗黑子。

　　"我对温觉非好，就是因为我愿意。与你何干呢？"

　　陆子泽看着他的表情，心中瞬间有了底，原本叫嚣着的危机感也很快消去一小半。但眼看着空气里的火药味越来越重，他怕温觉非回来后引起什么不必要的误会，便无心恋战了，只说："但我猜，你对她并不算了解。觉非现在所承受的事情，远比你想象的要沉重得多。没有和她一起承担的觉悟，就不要接近她，否则你给她带来的，只有不愉快。"

　　白简行听得心里一沉，暗觉事情不简单："你恐怕想太多了，我和觉非现在是朋友……"

　　是朋友，所以能为她承担的，不会比你少。

　　但是话还没说出口，陆子泽忽然换上笑脸迎向白简行身后，他一回头，看到拿着菜单站在不远处的温觉非。她应该都听到了，但看起来还是一副波澜不惊的样子，像是根本不在乎他怎么定义与她之间的关系。在把菜单递给陆子泽时，温觉非不经意地碰到他的手，白简行发现她也并不排斥和陆子泽有此类亲密的举动。

他发现自己根本也做不到不在意。

【7】

某个周五，温觉非收好公选课的一次平时作业，按照约定送到白简行所在的管理学院办公室去。进门发觉没有人，她将作业放到办公桌上，抬头就看见白简行打开门走了进来，身后还跟着一脸娇羞的秦婉。

国贸系的大一生秦婉，是京大这么多对白简行想入非非的姑娘里，最大胆也最勇于行动的一个。

温觉非在心里暗道一声好家伙，这样女追男的经典场面居然又被她给撞上了。生怕"油腻"到自己的温觉非打算离开，没什么表情地和白简行打过招呼之后就要走，又被白简行留住："等我一会儿。"

走到门口的温觉非闻言回头，看到白简行走进了办公室的资料隔间里，应该是要找什么资料。

秦婉可不愿意留她，赶紧趁机补上一句："走的时候把门带上，谢谢学姐。"说的时候还带着一脸得志的娇羞笑容，甚至特地拖长了尾音，大有故意炫耀的意味。

温觉非一听就来了脾气，虽然她是从没有打算插手小学妹追白简行的那一揽子事儿，但怎么这秦婉偏偏就这么硌硬人呢？她抬手把门关上，却没离开，反而扭过脸往白简行办公桌前没人的那张办公桌坐去。她把手里那本《公共建筑设计原理》重重往桌子上一摔，折腾出的声音吓了秦婉一跳。她开始翻书，以此回应秦婉那剜人的眼神："你们继续。"

秦婉看着这样不识趣的温觉非，满脸愤懑："这里不是你学习的地方吧，学姐？"

温觉非挑眉反诘道："这里也不是你来纠缠好看学长的地方吧，学妹。"

秦婉气得跳脚："我……你哪只眼睛看到我在纠缠学长？"

温觉非倒是冷静得很，凉着嗓音反问道："你又哪只眼睛看见我在学习？"

秦婉气结，只得瞪着一双水灵灵的大眼睛盯住温觉非，温觉非自然也不示弱，毫不客气地回瞪着她。秦婉毕竟是走清纯可人路线的，在气场上差了著名冰山脸温觉非一大截，对视不出十秒就败下阵来，气得直跺脚。

这时白简行终于找到了他要找的文件，从隔间里出来时还随意地翻着，很随意地递给了秦婉，说："相关的资料都在这里了，你拿回去看看，应该能有些思路。"

秦婉可不甘心就这么被打发了，接过文件就急急地撒娇，用那种像捏着嗓子一样的声音说："老师，光看文件我弄不懂的，要不我们去太空咖啡馆吧？我请你喝咖啡，我们再讨论一下，也当作是谢谢老师的帮忙了。"

不知道她忙什么，竟然找思路找到白简行身上来了，真是司马昭之心路人皆知。温觉非听得莫名有些不高兴，正想着如果白简行答应了，她一定要说些狠话狠狠酸他们一把，又听见白简行回答："谢我就不必了，我对这方面涉足不多，这些资料都是管理学院的一些硕士生整理的。如果你想谢，改天我帮你约上他们，你和他们一块儿去聚个餐？"

秦婉再次吃瘪，只得收手，闷闷道："那好吧，老师不愿意就算了。那我先走了。"说完就往外走去，开门时还不忘回头狠狠瞪温觉非一眼。

这倒提醒了正看着好戏的温觉非了，她露出标准的微笑朝秦婉挥手拜拜，说："走的时候把门带上，谢谢学妹。"

秦婉气得一张小脸差点没歪了，"哼"了一声用力把门关上。温觉非转头看白简行，他正一脸好笑地站在办公桌旁看着自己，似乎是在等她解释自己刚才故意怼秦婉的行为。

她顾左右而言他，说："老师，我可不是占用办公桌自习啊，是你要我等你的。"

白简行哭笑不得，只抬手用力揉了揉温觉非的头发。温觉非以为他是不高兴："怼了你的小女朋友，你生气？"

"什么小女朋友？"

温觉非轻飘飘道："秦婉。"

白简行愣了："谁是秦婉？"

温觉非见他不像是装傻的样子，低头状似无意地解释："刚才那个女孩儿啊。你给人家资料，人家还说请你喝咖啡，好谢谢老师的帮忙……"说到这里，温觉非突然惊觉自己语气不对，怎么听着酸得都要冒泡泡了？

白简行半倚在办公桌旁，笑问道："你的意思是，你不喜欢她这样？"

"和我有什么关系？只是你这样很容易让姑娘们误会……"

"她们误不误会我不在乎，我只想知道你是怎么想的。"他说得干脆，镇定自若道，"我没怎么和女孩子接触过，你能告诉我在这种情况下，我应该怎么做吗？"

温觉非一愣："这是……什么意思？"

"与其盲目解释惹你不高兴，不如你先给我画个重点，好让我能给你一个满分的答案。"

典型的学霸思维，总是追求满分答案。

温觉非说："我想听到的，就是真相。"

"真相是我并不认识她，给文件也只是举手之劳。如果你不喜欢她，我以后就不理她。"

笑意涌上来，温觉非连忙低下头做翻书状，白简行问："这样可以吗？"

"可以。"

这就是我最想听到的答案。

【8】

转眼十一月便过半了，天空变得萧瑟而高远，站在教学楼的走廊前往外看，能看到整个京大校园都被寒凉的深灰色覆盖住。国赛如约而至，温觉非抽到早上八点在京大校区进行的围棋组初赛，吃过早餐之后就匆忙换上正装赶去比赛。她踩了一双尖头的漆皮单鞋，脚后跟被磨得稍红，刚比赛完赶回来看她的朱颜见状心疼不已。朱颜将她拉到僻静处，说："来，我们换鞋子穿。"说罢直接挣开了脚上的小白鞋，脚掌和大理石地板相触时感到一阵凉意。

温觉非急了："你先穿上，我这双单鞋偏小，穿起来挤脚，你会疼的。"

她们能穿同一码数的鞋子，但彼此都在心疼对方受累。朱颜朝她咧嘴一笑："没事儿，待会儿我不乱跑，就坐在外面等你。"见温觉非仍是不同意的样子，她立马切换成小甜饼模式，"再说了，我可舍不得你当人鱼公主啊，走路像踩在刀刃上什么的……"

温觉非拗不过朱颜，两个人就换了鞋。走到选手区候场时，温觉非听到工作人员念评委名单，还窃窃私语道："不是说请了管理学院的白简行吗？我是听说他来我才来当志愿者的欸，怎么没有啊？"

"听说他拒绝了评委邀约，说是太忙了没时间过来。"

"不能够吧？我刚刚还在外面的观众席看到他，他像是掐着点来看下一场的。"

这话一出，两个人都显露出神秘兮兮的表情，故意把声音压低一个度，但其实在场人也都听得一清二楚："可不得来吗？下一场是温觉非比赛……"

本来挺寻常的一件事，经她们的语气说出来，就好似非常见不得光一样。温觉非很是无奈，轻咳一声引来她们的注意，议论声很快就平息了。

比赛开始，温觉非和对弈者走入棋室，里面只摆放着棋具、桌椅和一台实况转播的摄像机。比赛时限两小时，对手和温觉非水平相当，两个人一直到最后十分钟仍然在胶着，最终是温觉非走位打吃掉对面一个子，跳出了包围，再用上一招"关门吃"迅速歼灭对方四个子，才险胜一局。

棋类竞技果然是烧脑的活动，温觉非在走出棋室之后才惊觉自己累得双腿发软，若不是朱颜及时过来搀扶，怕是连站立都有些困难。

呆坐在选手休息区缓了半晌才恢复了一点儿体力，温觉非挪去洗手间洗脸时在走廊看到白简行，他正和几个评委模样的老师站一起聊天。

一位年长些的老师调侃白简行道："我记得你从那会儿开始就特别多女粉丝，我们都是无人问津的，就你收情书能收到手软。"

"哪有那么夸张。"白简行声音淡淡的，显然对这个话题提不起兴趣来。

另一个老师马上接话："怎么夸张了？还有好些个女选手直接找上门来表白的，可嫉妒死我们了！"

"对啊！当时也就数你最受欢迎，现在也数你还是单身，你这万人迷怎么回事儿啊？"

果然优秀过头的人如果单身，到哪儿都免不了被调侃。温觉非让朱颜先去洗手间，她走近些后调整出一个还算甜美的笑容，轻轻叩响走廊旁空心的铁皮扶手，喊了一声："白老师。"

背对着她的白简行一僵，猛地回头："嗯？"毫无防备地跌进她的笑容里，原本垂在身侧的双手有些慌乱地插进裤袋，她看到他耳朵红了。

"我比完赛了，有几个问题想请教您。"

白简行点点头，回身和几位男士告别，还是免不了被揶揄一把："你怎么脸红了啊？"简直是落荒而逃。

两个人并肩往安静处走，白简行轻咳两声："那是以前一起参加过国赛的朋友，他们被邀请来做评委。"

温觉非点点头，没有深究的意思，白简行却忽然手忙脚乱起来："嗯，嗯——那些情书什么的，没有到收到手软程度，我也都很少看。"

温觉非抬脸去看他，忍住笑，说："跟高中时期收到的相比，可能是会少一点？"

白简行愣了："你怎么知道我高中时收了多少？"

"我还知道，那些喜欢你的女孩儿还聚在一起成立了一个'行星后援团'，这是她们的群名。"

白简行忍俊不禁，反问道："你该不会也是其中一员吧？"

温觉非立马臊红了脸，幸好多年来跌宕起伏的生活经验已经成功地把她的性格锻造完整，现在的她无论内心如何动荡，都丝毫不会影响到表面的风平浪静了。所以此刻哪怕羞得都能听到血液撞击耳膜的声音了，温觉非还是能镇定自若地回答一句："不是，我听说的而已。"而后不着痕迹地转移话题，问，"话说回来，你为什么不愿意当我的初赛评委啊？"

白简行对这个问题有些意外，但还是选择如实答道："我主要怕我忍不住滥用职权，主观上就判你赢。虽然对我没影响，但我不希望你觉得自己胜之不武。"

她虽然看起来总是冷冷淡淡的，实则胜负欲很强，否则也不会对棋赛如此上心。他想让她知道自己是凭实力获胜的，因为她希望证明自己这一点，他非常清楚。

温觉非闻言心头微暖，每一分情绪他都会照顾到，她真是无论如何想象不到以前那个永远臭着脸的市一中校草大人会细心成这个样子。抬眼和他对视，温觉非笑起来："我才不会输。怎么说，也是白大师的弟子。"

Qinai De Shaonian , Jiudengle

第四章
觉今是而昨非

【1】

秋天渐渐深了，伴着一点夏日最后的余韵，城市里的人们都还没来得及准备迎接即将到来的低温，寒潮便来得猝不及防。温觉非因为忙着赶之前建筑制图课落下的两份作业，缺席了白简行一整周的围棋课。原以为本周公选课上能见面，却在前一天晚上收到白简行发来的调课通知。

按例转发给同学们后，顾不上班群里各种欢呼和讨论一起翻涌的信息，温觉非点开和白简行的对话框，问道："怎么突然调课？"

他很快回复："重感冒，嗓子哑了，会影响明天的上课效果。"

"看医生了吗？"

"不用。多喝点热水就挺过去了。"

还没听说过感冒能用"挺"来治的，温觉非觉得有些不妥，又看到他发来消息说："忙完绘图作业了吗？是不是该开始准备复赛了？"

　　她简短地回复了一个"嗯"，他又说："我明天想喝点粥。"

　　温觉非看着屏幕愣了半天，想喝粥就喝去呗？难不成他是在暗示她，既然要开始准备复赛了，又一直免费蹭他的课，所以在他生病的特殊时期，应该管一管他的饭？

　　好像也只有这个可能了。

　　明白他的意思，温觉非立马回复说："我知道学校附近有家粥店不错，我先给你点个外卖吧。"

　　那头的白简行好像噎住了："你应该看得出来，我是在帮你找借口。"

　　温觉非回复一个："？"

　　白简行没有立马回复，应该是在斟酌词汇想跟她解释，半晌之后才道："算了，来看我哪需要什么借口？"

　　温觉非这才真正明白过来他的用意，看着手机难以自抑地轻笑出声。身旁正在吸奶茶的朱颜一脸八卦地凑过来时，刚好看到温觉非发出去的那句"好，那明天见"，揶揄地用手肘轻轻撞温觉非，惹得温觉非笑意更深。

是啊，只要想见就应该去见，不需要任何理由。

第二天温觉非只有早上的三节课，下课后到药房买了一些感冒必备的药，坐公交车直达白简行公寓楼下。站在黑色的防盗门前，手心里还莫名有些冒汗，深呼吸一口才敢按响门铃。门"啪嗒"一声打开，入目先是一双拖鞋，黑色长裤，宽松的白色上衣，再是白简行那张略显虚弱但仍然英俊的脸。

他看到温觉非，先是一惊，连忙把拿在手里的口罩戴上，急急地转身往客厅走。

温觉非看着他的背影，轻笑一下道："不打算让我进去吗？"

他从茶几上摸出一个独立包装的医用口罩，再回到玄关时用力咳了几声，用极度病态沙哑的声音说："戴了口罩……再进来。"

温觉非曾经在高中时期创下成功躲过席卷整个寝室流感的纪录，自认抵抗力极强，此刻根本没有把白简行这小感冒看在眼里，只晃了晃手里提着的塑料袋，说："我带了点儿感冒药，路上还买了两只雪梨，准备给你熬点润肺的雪梨汤喝。"

白简行听后无奈地笑，直接走上前去把口罩放进她手里，另一只手非常温柔地揉了揉她的发顶，说："好，先谢谢你。听话先把口罩戴上。"

他的声音凉薄而低柔，带着慵懒的沙哑，让温觉非莫名地感到被蛊惑，胸膛忽然就突突地跳了起来。她戴上口罩才终于进了门，他公寓里是一如既往的简约风格，除了桌上有些凌乱的书籍资料外，陈列的物品少得像售楼部专用的样板房，甚至连暖气都开得很低。

她扫一眼桌上亮着的笔记本："生病了还忙工作？"

白简行咳了几声："老板批了一个关于不动产证券的新课题，我做些准备工作。"

研究生习惯性将自己的导师称作"老板"，这也算学术圈内不成文的规矩，他说的老板应该就是他的博士导师林渊教授。温觉非点点头，把袋子放到茶几上时，顺手碰了一把桌上唯一有使用痕迹的玻璃杯，是冰凉的。

"没有烧热水吗？"她问。

白简行挠挠后脑勺，像是有些不好意思，比画了一下水壶，从几近罢工的喉咙里艰难地挤出两个字："坏了。"

"那就用气炉或者电磁炉烧呀。多喝热水才能促进代谢，感冒才好得快。"嘴上说着，人已经忙开了，从带来的药里翻出一颗清凉喉片塞给他，进厨房之前指挥他回房间里等着，"这些药都是饭后吃，我先去给你烧点开水，熬点粥。"

"不用麻烦。"他抓起茶几上的冷水灌了一口，好让自己能顺利说完话，"零食柜里还有些苏打饼干，我吃点儿垫垫肚子就行。"按照温觉非平时示人的冷性子，真的愿意来看望生病的他已经非常难得了，他真的没想到她还会有这么擅长照顾人的一面。

温觉非听后一脸好笑地看着他："昨天好像有位先生说过想喝粥？"

白简行笑着摆摆手："想喝粥是其次的。"想见你才是首当其冲。

温觉非一头扎进厨房，只留下一句："喉咙疼就别吃饼干了，我熬个粥也就一会儿的工夫。"

她的声音轻细而笃定，白简行心里有些难以名状的愉悦，他原本想跟在温觉非身后钻进厨房帮忙去，却还是被她三两句给赶回了房间。随手翻起床头的资料书，耳边充斥着她在厨房里走动的脚步声和清洗厨具时的水声，窸窸窣窣地把所有的孤独都填满。

他恍惚中终于有了生活着的真实感。

　　没过多久，粥香便隐隐地从厨房里漫了出来。那香味嗅着清透浓厚，伴着锅里咕嘟咕嘟白米翻滚的声音，一点点从鼻腔沁入心脾。熄火后的粥是不能马上就喝的，还需微微地焖上一阵。他听见温觉非轻轻将火熄掉，随后趿拉着拖鞋走过来的声音。

　　白简行连忙起身要去帮忙，温觉非却已经捧着搪瓷碗走了进来，说："这是我小时候感冒常喝的雪梨汤，秘制的。生津润燥，润肺凉心，对嗓子疼特别好。"

　　他接过尝了一口，温热中带着恰到好处的清甜，是他喜欢的口感。

　　温觉非站在床边等他喝完，把碗端回去时，粥锅四边刚好翘起了一圈薄薄的白膜。这代表着粥米已经柔软得几乎融化，终于熬成了软糯适合病人入口的白米粥。她这些年在这方面可谓累积出不少经验。

　　她盛上小半碗，取出碗筷，趁着热气端给白简行。升腾而起的热气熏染了两人的视线，映在眼里的彼此都忽然变得好温柔。

　　白简行接过粥时，一双好看的眼睛还定定地望着温觉非。温觉非笑道："怎么了？我可没偷吃啊，我吃过饭才来的。"

　　白简行被她轻易逗笑，低头喝粥时偷眼看她，见她盘腿坐在地毯上，认真地看着感冒药的说明书。背景里刚好是那幅出自她手的画，人与画的气质仍然非常相像。

六年了，仿佛一切都已全然不同，又仿佛从未变过。

他呆怔了半晌，温觉非见他吃完了，起身拿过他手里的碗，回头时墙上那幅画也猛地闯进眼帘。她突然就想起自己当年把这幅画送给他时的场景，是在白简行大学宴上，人声鼎沸的宴席之中，她被淑慎奶奶一句话点中，硬着头皮抱着画卷走到他面前。那个时候的白简行已经长得非常高了，清瘦颀长的身形，寡淡锋利的五官，对这似乎没完没了的祝福送礼表现出极度的不耐烦。

走近了，温觉非有些怯怯地抬眼看他，不知是灯光的原因还是如何，她竟然没从他眼里看出刚才他面对别人时，那种带刃一般的厌烦。她把还没来得及装裱进卷轴里的画递给他。手工制作的净皮宣纸有些显皱，和刚才别人送他的那么多名贵精致的礼物相比，显得有些寒酸。她的声音也因为如擂般的心跳而莫名变得虚弱，她说："恭喜你……祝你前程似锦。希望……以后还能再见。"

白简行伸手把画接了过去，好看的眉眼低垂着，她看不清他的神情。照例收到他重复了一晚上的一句谢谢，她点头正要走的时候，听到他格外笃定的一句："肯定会再见的。"

是啊。她那时候想，她的恩师是他的奶奶，即便往后出师了，每逢三节两寿她也仍要去看望。再见的机会会有很多，但再进一步却没有可能。

刚才的雪梨汤显然效果非常好，白简行这时感觉喉咙没有那么干疼沙哑了，看着正望着那幅画的温觉非，突然说："你还记得那一年你生日，我送你的那朵木春菊吗？"

温觉非低头和他对视，见他已然收起了眉目里的锐利和锋芒，眼神里是难得的温和柔润，像是在回忆一个藏起来许久的珍贵秘密。

"记得。"那是她在少女时代里第一次收到花，还是来自大名鼎鼎的天才少年白简行之手，足够成为她青春里难以忘怀的光亮。

"那朵花……"白简行的嘴角浮现出温柔的笑痕，"是我在零下六度的天气里，骑了三个小时的自行车去三环的花店买的。"

这个秘密像是蓄谋已久的定时炸弹，将她多年以来的认知全部炸掉。

【2】

白简行高考前的那个冬天，大雪隆冬，他从题海里抬起头，忽然想起今早出门前听见奶奶的念叨，说今天是温觉非的生日，但又不巧碰上她要月考，没法儿接她出来吃个饭庆祝。

在他的认知里，女孩儿们似乎都非常看重自己的每一个生日，从小他接到过的女孩儿的生日邀请简直不计其数，她们总巴不得这个特殊的日子能够尽人皆知，好像"知道"和"祝福"是能够成正比的一样。

但是那个叫温觉非的小姑娘，肯定不是这一类人。她肯定会抱着宣纸和画具躲进国画美术室里，一个人埋头画到热闹的景象全部散尽，好以此显示出自己的不屑和漠然。这是她一贯的保护色。

他也说不清楚自己为什么就会这么觉得，好像自己非常了解她一般，但事实上他们说的话拢共加起来都没超过十句。他坐在教室里，忽然就很想在温觉非生日的这天给她送朵花。市一中远离市区，骑车去到最近的花店来回至少需要三个小时，他权衡了一下，还是毅然决然地出发了。

这个城市的冬天是非常乖戾的，萧瑟的冬风不讲道理地扯尽最后一片碎叶，下雪时连空气都冻得像已经凝固起来。他回到学校时已经成了雪人，睫毛上都凝着花白的雪粒，握着车把的手更是冻得又红又肿。他就着夜色等在国画美术室的楼下，终于在学校快要门禁之际等到抱着书包走出来的温觉非。

不想被她发现自己的狼狈，他话都没多说几句，把花儿塞给她之后就立马离开了。回家之后几乎是立马感冒高烧，一连病了好多天。

但那是年少的他做过的唯一一件浪漫事。顾不上漫湿裤管的雪水和冻僵的身体，在零下六度的天气里骑行三个小时，只是为了给她送一朵花儿。

此刻坐在床上的白简行不太习惯仰视她的视角，便站起身，微弯下腰去看温觉非的表情。她应该想明白了，但向来对他人的直白表达有些反应无能，现在她眼神里的呆滞便很能说明问题。白简行故意问："你明白我的意思了吗？"

温觉非还在努力读取数据："好像……明白了……"

其实能明白什么？温觉非心道，难道要说，她明白了当年收到的礼物居然那么珍贵，明白了他好像从那时就非常看重自己，明白了当年看似陌生的两个人的背后，竟然是一场懵懵懂懂的双向暗恋？

不，这样想简直太过于自恋了，无论如何她都说不出口，更做不到马上相信。她抬眼看着白简行放大的俊颜，听到他带着沉重鼻音的声音问："你好像很惊讶？"

温觉非自知表情失控，后知后觉地点点头。

"因为从来没有想过是这样？"

这次点头的时候她终于缓过来了，开始尝试着找借口回答他，也顺带说服自己："但我一直知道，你向来是个难得的好人。"

白简行愣了一秒，这么违心的话，也难为她说得出口。马上明白过来她在装傻，他即刻采取一系列实际行动，就着身高优势把她连连逼退，最后将她锁定在他手臂和衣柜前的一个小空间里。他非常冷静地发问："你在给我发好人卡？"

"不用我发，你本来就是个好人。"

"你见过我对谁好了？"

温觉非愣了，诚实但迟疑地回答："好像……只有对我比较好一些。"

其实不是比较好，他是对谁都不好，唯独对她格外好。

温觉非听见白简行的气息里终于有了笑意，感觉头皮一麻，整个人像被他握在手心里，完全无法动弹。她尽量把头往下低，好让自己可以远离白简行的气息，但这样做的后果就是让她看起来像一只把脑袋埋在他胸前的受惊的小动物，他一抬手就能抚上她的发，像是正在安慰自家猫咪的稳重主人。

是一个极尽温柔和让她充满安全感的姿势，温觉非渐渐地顺着白简行的力道轻靠在了他肩上，这好像是他们第一次拥抱。他低沉的声音就响在耳边，他说："你好像在感情方面总是很迟钝。总是喜欢当作什么都不知道，要别人推一推才愿意动一动。"

温觉非抬起脑袋抗议道："我有时是真不知道……"

他笑了一声："是，我也一样。但我现在一直在想，十八岁那年因为腼腆而错过的事情，也许二十四岁时可以弥补。"

当时他们都还太小，根本不懂得喜欢是什么，因而错过了这么多年。"弥补"这个词乍听起来像是有些遗憾，但如果一切都还来得及，那么"弥补"正好可以成为全新的开始。

他在大学宴上的那句话，绝不仅仅是说他们还会再见面的意思，而是从那时就非常坚定，他们之间不会只有几面之缘这么简单。在她还没能听明白这句话的时候，他就已经把她计划进了将来。在当年喜欢和珍惜都很朦胧的时候，她已经成为被他认定的那个人。

"不过，也不着急。"他的声音里鼻音浓重，终于放下将她困在衣柜前的手，拿过她手里的碗往门外走去，"我说过的，我们来日方长。"

他的身影消失在卧室门外后，温觉非有些腿软地坐在书桌旁，胸口已经震得发木。这种感觉就好像做了一个朦胧迷离的梦，从前的她甚至都不敢幻想梦里的细节，生怕自己一个踩空滑落进去深陷其中，可是在这一天，他告诉她，这个梦是真的。

心脏像是突然到达了沸点，开出一朵蓬松柔软的棉花糖。

【3】

白简行的感冒来得快去得也快，如期在下一次公选课之前恢复了嗓音，带着一些小咳嗽重回众人视线中，继续当备受京大学生瞩目的英俊选修课老师了。不仅如此，白简行鹊起的名声还被校篮球协会盯上，动用了好些关系来软磨硬泡，希望他能支援一下管理学研究生院在周末和法学研究生院一同举办的篮球交流赛。

白简行答应打交流赛的消息很快传遍京大，大家看惯了平日里文质彬彬地上课学习的白老师，表示很难想象出他穿着球服和人进行体育竞技的样子，纷纷表示要前往比赛场地一睹英姿，更何况当代大学生的周末本就闲得无聊。校篮球协会的小九九也算得偿了，同样想去凑热闹的朱颜在开赛前半个小时特意来"拐带"温觉非，一进门看见她正坐在电脑前敲敲打打，一副全身心沉浸在学习里的模样。

朱颜问："你不去看白老师打篮球吗？"

温觉非的嗓音如敲冰戛玉，字字清脆："有什么可看的？"

"啧啧啧，是白老师对你吸引力不够大了？那你可以去看看我们法学院的学长嘛，据说这次出赛的是我们整个院最帅最高的几个男生，指不定……"

温觉非冷冷地打断她："我不喜欢一头热。"

朱颜一听就知道事情不妙，疑惑道："你在白简行那里什么时候一头热了？难道……是他没邀请你去看……"

"比赛"两个字都还没说出口，温觉非的手机忽然振动起来。朱颜看着她解锁查看消息，轻点屏幕几下后，白简行的语音消息从手机喇叭里播放出来："觉非，你下课了吗？我今晚在北区体育馆有场篮球比赛，你有空的话，要不要来看？"

朱颜亲眼看着原本积聚在温觉非小脸上的冷气在一瞬间全部散尽，愉悦取而代之，衬得冰美人的脸显出难得的柔和。但还是死要面子，温觉非装作非常冷静的模样收好手机和电脑，然后打开衣柜，拿出一条她平时参展才会穿的小礼服裙。她从裙子后面露出半只脑袋，问朱颜道："我穿这件，会不会显得太隆重了？"

朱颜静默五秒，然后狂叫一声扑上去和温觉非闹成一团："不是说没什么好看的吗？怎么又去了？是作业不好写还是手机不好玩？你这个善变的女人……"

最后，朱颜还是非常认真地帮温觉非选好了裙子和配饰，并且亲自操刀把温觉非从"漂亮"收拾到"十分漂亮"的程度，甚至还在抵达篮球场后，亲自掏腰包买了两瓶运动饮料，给温觉非支着儿让她在比赛开始前给白简行送过去。

温觉非抱着两瓶饮料往候场区走去，远远就认出在一众高大男生里仍然非常瞩目的白简行，一行人坐在一起好像正在讨论着什么。

她一路小跑地来到他面前，白简行抬头看清来人是温觉非时，眼里的喜悦一览无遗。温觉非把饮料递给他，看到他伸过来接饮料的手掌中央好像写着什么。

她好奇地问："打篮球还要在手上记小抄的吗？"

白简行低笑一声，稍微用力把自己的饮料拧开，又看了看温觉非手里还没开封的饮料，自然而然地拿过去也帮她拧开。

他答道："不是，是那群家伙迷信。"他指了指身后的队友，"说是球赛时在手心上写重要的人的名字，比赛就会很顺利。"

温觉非几乎是脱口而出："那你写了谁的？"

白简行笑而不语，温觉非惊觉刚才那个问句已经完全暴露了自己的在意，一时之间手足无措，他写什么是他的自由、他的隐私，和她有什么关系？这样直白地窥探他，如果他不肯说，又或者他写的是别人的名字……

千百种想法在温觉非的脑海里闪过时，白简行直接把手掌摊开伸到她面前，让她可以一眼就看清楚掌心上用细芯马克笔写的一小句诗："觉今是而昨非。"

——觉非。

脑袋里"轰"的一声，她装作没看懂的样子点点头，脸却红得一塌糊涂。

【4】

球赛在不久后开始。这毕竟是一场业余交流赛，本着耍帅第一友谊第二的原则，双方队员都非常和气地进行着切磋，毕竟大家都只是一群更加擅长脑力活动的学术人才，很难要求他们打得像职业竞技那么精彩。而像白简行这样有一定篮球基础的选手就打得更加轻松了，上半场结束时他一个人就拿下了队伍将近一半的分数，这种在学习上是赤木刚宪水平、球场上是流川枫水平的男人真是分分钟能让整个体育馆的女人为之神魂颠倒。下半场刚开始，他便一个闪身断球成功，在队友都还在和其他人周旋的情况下独自速攻，晃过对方的防守来到三分线外纵身一跃，投出一记漂亮的三分球。

篮球从筐内落下，引起雷动般的掌声。白简行回身和队友击掌，往回跑去回防时，知道白简行手掌小秘密的朱颜看到他的某个小动作，立马备受刺激地抱着温觉非哀号起来："我太酸了我太酸了，这是什么神仙爱情，呜呜呜呜……"

温觉非不明所以地啊了一声，朱颜继续哀号："他刚才偷偷亲了一下手心！那上面写着你的名字啊！"

正巧刚才有些走神的温觉非有点疑惑："你确定？"

"这还能看错？"朱颜几乎拍案而起，学着白简行的样子也亲了一下自己的手心，"就是这样直接啵了一口啊！好了别说了，我命令你们俩原地结婚，你打算和他走去民政局，还是我帮你俩把民政局搬过来？"

温觉非被朱颜古灵精怪的样子逗笑，赏了她一个栗暴让她安静下来，眼神再次落在白简行身上时，感觉一颗心像被淬成金色的蜂蜜裹满。

【5】

不出意外地，管理学研究院队在下半场把比分差距越拉越大，最终以 86:52 的比分胜出，白简行拿下本场 MVP（最佳球员）。比赛结束之后，温觉非站在出口等他，百无聊赖地刷起微博，点进白简行的微博里一条一条地往下翻着。他从不发朋友圈，更是甚少发微博，不知不觉她就翻到了三年前，其中有一条他写得有些暧昧，

说："她不会说德语，以后我一定要假装教她说德语，然后让她说
lch liebe dich。"

她复制后面那串字母到翻译软件上，显示的结果是"我喜欢你"。

这个"她"是谁？

心里有些好奇，听到身后有声音在叫自己，回头果然看到了白
简行。他换上了一身休闲服，甩掉一大群说要去庆功的队友跑过来，
发梢随着动作微微晃动，若是再加上一个十足灿烂的笑容，看起来
简直像个十七八岁的少年。

但他没有笑。一直以来他在人前都是不苟言笑的形象，只有看
向她时的眼神会装满沉甸甸的温柔。温觉非迎上去，望着他的脸第
一句就是："你能教我说几句德语吗？"

他怔了一下，随即猜到了缘由一般了然地点头，发音缓慢而标
准地说出一句"lch liebe dich（我喜欢你）"，她跟读了几遍之后问：
"这是什么意思啊？"

白简行轻笑，像是藏起什么秘密："谢谢的意思。"

温觉非装出一副醍醐灌顶的样子，然后，各怀心事的两个人都
红透了脸。

当晚，白简行不知怎么的难得在微博上营业，发了一张比赛后拍的掌心照，手掌最中间那一行小小的字已经被汗水模糊掉了，难以分辨出原本的面貌。

他的配文倒也是言简意赅："谢谢这种迷信。"

点赞和评论纷至沓来，无数人好奇地询问字迹内容，更有甚者直接在评论里玩起了拼字游戏，联合今天和白简行一起打比赛的队友们，硬生生把"觉今是而昨非"这七个字给拼了出来。

"那不就是温觉非的名字吗？白博士和建筑系女神恋爱实锤！"

原本想假装什么都没看到的温觉非有些不好意思，反复斟酌之后评论说："看来，白老师很欣赏陶渊明先生的诗。"

"觉今是而昨非"出自陶渊明《归去来兮辞》，她虽是足够聪明灵巧，但想把一场八卦讨论会变成陶渊明诗歌鉴赏活动谈何容易？更何况发布者本人也不肯如她意，十分钟后，谁都没回复的白简行突然回复她，说了一句："也没有，我本身没什么文学细胞。倒是因为你的名字，难得背下来这一句。"

这句话犹如平地惊雷，一把炸掉了许许多多因为球赛而对白简行想入非非的少女心，更是让评论区里一众在前排八卦的朋友大呼"人在家中坐，狗粮从天来"。

朱颜私聊温觉非评论道："白老师这一招真是高啊，四两拨千斤，也没透露半个字，好像只是随手回复你一句，实际上是在表忠心的同时，又给舆论放出一个绝妙的烟幕弹。绝，太绝了。"

温觉非回："看来管理学的课你听得很认真。我会把你的观察心得转告给白老师的，说不定能给你加点平时分。"

朱颜立马服软投降："别别别！我可不敢惹他，我还是远距离磕糖吧，你俩这种神奇配对真是太上头了……"

Qinai De Shaonian ， Jiudengle ☺

第五章

总觉得你会来，所以就一直等

【1】

温觉非出生在一年中最冷的时节，是冰篦隆意、大雪深数尺的隆冬天。今年的冬天雪不多，反而时常有阳光，伴随着阳光下那一股凌厉的天高云淡之感，她的生日也渐渐近了。

那天正好是课最多的周一，早起时就看到白简行的消息，约她傍晚七点在太空咖啡馆见面，迷迷糊糊地回复了一个"好"便爬起来洗漱。整整一天的课，多到令人头昏脑涨的知识点和课后作业，温觉非好不容易熬到了下午结束，草草吃了几口饼干后便按例要去一趟医院。

这回没有遇到陆子泽。妈妈独自躺在病床上熟睡，护工阿姨低着声音跟她说着妈妈最近的情况，一如既往地没有得到多少改善，还告诉她因为换药而导致医药费几乎要翻倍的消息。她沉默地听完，沉默地坐到病床旁边，忽然瞥见一张压在花瓶底下的便利贴。

　　她轻轻抽出，上面果然有字，只是有些歪扭，显然是妈妈在写的时候手抖得太过厉害。上面写道："非非，生日快乐。"

　　心里原本浓重的不安和担忧在这一刹那被击中，她闭上眼用力克制了很久很久，终于没有让眼泪掉出来。

　　回寝室的路上，正好捡到一脸忧伤地坐在学校广场的孙中山雕像下的朱颜。原来是因为她今年在海淘上给温觉非买的生日礼物还没有寄到，而她又一时想不出送什么新礼物好，去温觉非寝室找她时听说她出门了，料想温觉非是去医院，便直接坐在温觉非回校必经之地、号称京大风水最佳点的雕像脚下等她。

　　朱颜余光瞟到温觉非愁意浓重的眼睛，立马反应过来温觉非正心情不佳，可能是温妈妈那边出什么事儿了。她小心翼翼地问道："还好吗？"

　　温觉非想笑笑，但是疲倦感压住她的嘴角，重得无法动弹。她说："跟以前一样，谈不上好不好的。"

　　朱颜见状心疼不已，立马跳下来，面对着中山先生的雕像，双手合十，嘴里开始念念有词。

　　温觉非问："你在干什么？"

"拜托中山先生保佑阿姨早日康复，保佑你前程似锦，学业有成……"

温觉非哭笑不得："我是建筑系的，要拜也应该拜弗兰·克劳埃德赖特或者梁思成先生，中山先生不爱管这一块儿。"

朱颜不满意了："怎么就不爱管了！天下为公，不就是啥事儿都是公事吗？你赶紧和我一起，心诚则灵。"

"你一个学法律的，又不是学做法的，不应该是坚定的唯物主义者吗？"

"我信孙中山又不代表我不唯物！"朱颜理不直气也壮地反驳，被温觉非一个栗暴赏过来，直接拖着往学生公寓走。

她大喊着："欸欸，你别拽我呀！"

费了好大力气才把朱颜拖回了寝室，温觉非感觉又累又困，便和衣爬上床想小睡一会儿。特意调的闹钟不知道为什么没响，温觉非醒过来的时候天已经黑透了，她感觉浑身酸痛。坚持着坐起来后摸出手机一看，居然已经晚上九点了。

睡了这么久，看来晚上又要睡不着了。她慢腾腾地下床，忽然感觉到空空如也的胃有点疼，好像是在提醒着她有什么事情还没做——

白简行！

她倏然站起，点开对话框一看，他居然只在七点整时发来一句"我到了，在老位置等你"后，再无消息。

都已经过去三个小时了，他该不会还在等吧？意识到这一点的温觉非有些慌了，她必须当面去向他解释和道歉，便立马拿过厚外套，穿鞋出门了。

校内巴士晚上不营业，她只得一路小跑着到南校区去。

夜里的冬风有些冻人，温觉非整个人缩在羽绒大衣里，仍然觉得五官被冻得发疼。太空咖啡馆只营业到晚上九点半，温觉非抵达时正好是打烊时间，她远远看见穿着黑色羊绒大衣的白简行从店里走出来，手里还拿着一杯没开封的奶茶。

看到她的身影，原本没有表情的脸终于染上隐隐的笑意。等她气喘吁吁地跑到自己面前，白简行望着她冻得微红的鼻尖，很想抬手帮她捂捂脸，但教养仍然勒令他要克制。他只得闷笑一声道："还在希望着你能在它凉掉之前来，幸好成真了。"说完手里的热奶茶递给她暖手。

温觉非还没来得及喘匀气，接过奶茶之后就开始不停地解释和道歉。白简行侧身站到风口帮她挡掉大部分寒意，不说话，只是一直似笑非笑地看着她。

温觉非一口气解释完之后抬头看着白简行，完全摸不透他正在想什么。是生气了吗？那为什么在笑？不生气为什么又不说话呢？

一颗心上下起伏着，白简行看了她半晌，终于开口说道："其实我没有生气。只是看你失措的样子，觉得挺可爱的。"

温觉非一顿，吸了吸鼻子，傻傻地又问了一遍："你真的不生气吗？"

白简行垂着双眸看着她，好看的眼睛里跳动着闪烁的光，用波澜不惊的口吻答道："对你生不起来气。我点第一杯咖啡的时候，就想着如果喝完这杯你不来……"他看了一眼温觉非手里的热奶茶，"那我就再点一杯，继续等。"

"你为什么不走呢？"

"不知道。就是觉得你可能会来，所以就一直等。"

"为什么不打电话催我呢？"

他取下自己的围巾，三两圈把温觉非半张脸都围了进去，她终于感觉暖了一些，同时也因为这样更加看不清白简行的表情了。他双眸低垂地看着她，沉默了一阵，因为仍然没有习惯这么直白地表露情绪。

"因为，我更害怕你根本不愿意来。"

成年人之间拥有很多不需要语言的冰冷默契，都是不能通过询问和催促得到答案的，逼得越紧，对方就逃得越快。他自小聪慧，生长在商人之家，过早地看过太多人际的冰冷黑暗。所以才一直对人与人的关系抱有悲观态度，面对谁都是一副冰冷疏离的样子。

唯有她是例外。是让他哪怕悲观，也愿意孤注一掷去靠近的人。

"我很少会觉得害怕。"白简行尝试着去解释，"但是你知道，如果……"

温觉非毫不犹豫地打断他："我答应了你，就一定会来的。如果迟到了，就要马上打电话催我，我一定会立刻努力跑着来见你。"

白简行清楚感受到她话里的暖意，旋即浮出一个带满温柔和宠溺的笑。温觉非不自觉地跟着他笑起来，他的笑容真是格外耀眼，原本就是极英俊的一个人，因着笑容，更显得柔软而夺目。

在这个苍然宇宙之内，瞬息万状之中，他终于遇到了一个愿意

·097·

一直一直给他肯定回应的人。

【2】

原本预定的料理店已经过号了，白简行临时改变计划带温觉非去吃进口海鲜，是他一个朋友开在市中心繁华地段的新店。

在最近的地下车库停好车，还要步行一小段距离才能到。温觉非和白简行并排走着，他正和那位朋友打电话在商量着什么，走到一个十字路口时温觉非转头看他。白简行感受到她的目光，毫不回避地和她对视，还挑起嘴角笑了笑。这一笑可让温觉非失了方寸，竟然没看到亮起的红灯，直接往马路上跨。

白简行的脸色立马变了，像是受了惊，温觉非第一次看他露出这种表情。还没来得及细想，便突然感觉到右手被他握住，整个人被一道巨大的力量往回拉，被他紧紧护在怀里。

几辆私家车从白简行身后呼啸而过，温觉非后知后觉地问他："怎么了？"

电话都还没来得及挂的白简行有些哭笑不得，指了指亮起的红灯："小姑娘走路怎么不看路呢？"

温觉非腾地红了脸，下意识地辩解道："刚才你那样朝我笑，我肯定就分神了啊。一分神，我肯定就没精力去注意红灯了。"

白简行勾起嘴角："这话我还挺爱听的。"说罢伸手摸摸温觉非的头，"多少年没被这么惊吓过了，幸好没事。"

绿灯亮起，他把自己的一个衣角塞到温觉非手里，用带着宠溺和怜惜的声音说："这回好好跟着我走吧，小姑娘。"

"意海湾"是海鲜餐厅，同时经营侍酒文化，阶梯式的海鲜池和古色古香的酒柜相互交映，像是冬日里一场生鲜海鲜与顶级美酒的高端品鉴会。来迎接白简行的正是意海湾的老板，三十出头的黑瘦男人，穿着一身黑西装，相貌普通但透出一股精明气来。他熟络地和白简行打招呼、握手，来到温觉非面前时突然明白过来，笑问："女朋友？"

温觉非的脸被暖气蒸出淡淡的红晕，下意识地摇头，白简行自然地接过话茬儿："我家的小姑娘。"

倒是个比女朋友还要宠溺的称呼。她本来就比他小，淑慎奶奶待她也与亲孙女无异，说是他家的小姑娘仔细想来也没有什么不对。

但温觉非显然感觉到自己的脸更热了，还疑心是不是店里暖气开得太足，反正就是不愿意承认是因为害羞。她埋着脑袋往视野最好的贵宾包间走，根本没看见白简行把车钥匙递给了老板。

老板提着礼品袋再次出现在门口时，一个精致的意式丝绒甜品刚好被插上蜡烛端上来。没有恶俗的生日蛋糕推车，没有哗众取宠的伴奏和吵闹着献上祝福的陌生人，白简行打开拜托老板帮忙取过来的那个礼品袋，从里面拿出一个非常精致的植物标本册。

他说："送你，整个市一中的夏天。"

打开，里面安静躺着的是市一中的建筑剪影和建筑周围的植物标本。校道上的香樟树叶和广玉兰叶、生物园的青紫色鱼尾葵叶、微弯的羊蹄甲和湖边的七彩茉槿……

"我记得你之前说过你喜欢市一中的夏天。"

仍在讶异着的温觉非差点脱口而出，那只是随口说的……

"你告诉我之后，市一中刚好邀请我回去参加校庆。那时候天气还没有转凉，算是抓住了夏天的尾巴。说起来这还是我第一次做植物标本，幸好家里书多，压出来的标本倒也好看。"

温觉非更惊讶了："都是你亲手做的吗？"

"不是亲自做的话，怎么好送给你？"

"你那么忙，怎么……"

"有些事是无论忙不忙都要做的。这是我们重逢后你的第一个生日，理应给你准备一个特殊点的礼物。"

她感觉到他身上弥漫出一股奇特的温柔，那是从骨子里透出来的疼爱和珍惜，不加任何掩饰，温和而又剧烈。她第一次发觉，原来被人放在心尖上去在乎时，她竟然也能生出这种甜蜜而柔软的感觉，像是整个人被泡在一罐甜牛奶里面。

她十分珍视地把册子抱在胸前："谢谢。我很喜欢。"

【3】

这次在意海湾的生日晚餐丰盛得堪称海鲜自助餐，其珍贵之处在于海鲜都是从全世界各地空运而来的，因此便于搞出各种花样噱头来提升价格。结账时，温觉非看了一眼那张堪称天价的单子，再回想刚才那和平时下馆子相差无几的口感，对所谓的高端食材表现出极度的不理解。但白简行却眉都没皱一下，大方买单。

她忽然想起某晚和朱颜在路边撸串时，朱颜望着对面坐在高端烧烤店里、花着比她们高十倍价钱却吃着和她们一样的烤串的人们，所发出的一声慨叹：有钱人的快乐，真是想象不到。

从意海湾出来时已经晚上十一点多了，考虑到温觉非明天还要上课等各方面因素，白简行没有继续安排节目，而是要表示直接送她回学校。

温觉非坐在副驾驶上，正思考着到底应该怎么开口要求和白简行均摊刚才那顿饭钱，白简行却突然说了一句什么。她没来得及听清楚，手里突然就多了一瓶苏打水，是他塞过来的。

温觉非回想了一下，他好像说了个"渴"字，心想刚才有一道醉蟹是有点咸了，就拧开瓶盖喝了一口水。

白简行见状不明所以地和她对视一秒，然后似笑非笑地伸手过来："那你给我吧。"

温觉非有些震惊："你为什么喝我的水？"

白简行听后有些哭笑不得："这是我的水。刚才我说醉蟹有点咸，我渴了，麻烦你帮我打开它。"

这下轮到温觉非尴尬了，看看手里的苏打水，又看看正在开车的白简行，感觉给也不是，不给也不是。

"你车里还有没有别的水……直接喝我喝过的，好像……"好像有点太过于暧昧了……

"没关系。"

话音刚落，正巧遇上红灯，白简行刹住车，直接伸手过来把温觉非手里的瓶子给拿过去喝了几口。温觉非难以置信地看着他完成这一系列动作，最后重新把那只晶莹剔透的玻璃瓶子还给她时，她脑子里只有四个大字——间接接吻。

心跳不知道被谁突然调成了两倍倍速，她深呼吸几口气之后假装淡定地坐正，难以相信自己居然纯情到觉得喝了同一瓶水就是间接接吻。这不是纯情小女生才会有的想法吗？她虽然没谈过恋爱，但也见识过不少要浪漫的手段，绝对称不上是恋爱小白呀……

思索了半天，她得出结论：肯定是受朱颜的影响。人就是这样的，经常和神经质的小女孩儿一块儿玩的话，也很容易变成那种敏感易感动、爱胡思乱想的女孩儿，她回去一定要狠狠挤对一顿朱颜。

终于找到足够的理由安抚自己了，车子也已经缓缓由北门驶进京大。温觉非把自己调整回平日里清冷示人的模样，准备好要下车时，发觉白简行竟然直接把车开到了京大的旧运动场旁。

他从车后备厢里抱出一个小纸箱，温觉非打开手机照明灯，两个人无言地走到运动场最南侧的一面老围墙前。旧运动场位于京大最后方，眼前的围墙更是京大北校区的最后一道防线，时间从它身上翻滚而过留下了不少伤痕，斑驳陈旧的模样早已经显得和现代化的校园格格不入。这面墙说起来，和温觉非还是颇有渊源。建筑学院曾经有几位学生牵头上报要求重砌这面围墙，闹到最后的结果是学校只叫来了施工队将其加固加高、重新粉刷了一遍就完事了。后来为了安抚蠢蠢欲动的建筑学院，学校还把这面墙开放给学生们做创意设计，墙上新雕的花纹、绘案大多出自建筑学院和美术学院的学生之手。

　　温觉非想不明白他为什么要带自己来这里，突然听到他问："画在哪里好？"

　　"什么画在哪里？"问完突然反应过来，他要在围墙上画画？

　　后退几步整体地扫了一眼围墙，大概是第一批来做改造的学生先入为主了，留下太多的石雕式云气花纹，使得后来的学生几乎没有了发挥的余地，墙的整体风格偏向中式古建，反而更和所谓"现代化"背道而驰。

温觉非问："你想画什么？"

白简行打开箱子，露出里面的手摇喷漆，报上一个名词："后现代涂鸦。"

温觉非被这五个字震住："你敢？这么叛逆？"

他慢条斯理地答："叛逆的好像是你吧？"

温觉非："啊？"

"我的第一手线报，说当年建筑学院上报重砌这面墙的时候，你就一直坚持说应该创新改造，甚至立志要让它做你的专属名人墙？"

京大是有一面真正世界名人墙没错，百年来一直矗立在京大图书馆前。与其说是墙，更像是蜿蜒回旋的"栏"。在那里刻着历年为这所大学、这个国家甚至全世界作出杰出贡献的京大学生的名字，最为有名的便是几位毕业于京大的政要和科学家。被刻上京大名人墙的名字将被永久保留，是无数京大学生毕生追求的荣誉。

温觉非愣了一会儿，突然想起来，当年自己气盛的时候是这么和朱颜说过。因为围墙虽然陈旧，但实用功能并没有被破坏，她当时认为没有必要大费周章重建，只需要整体加固并且改变风格即可。

只可惜那时她只是一个刚入学的新生,在学院里根本没多少话语权,提了意见反而被师兄师姐一顿好怼。

她温觉非会是那种白受气的人吗?直接憋了个大招,在第二学期开学大会议上把自己原定的演讲稿改成了围墙的改造提案,其专业程度完全不像一个初出茅庐的大一学生。建筑学院的老院长对她实惠又有创意的方案大加赞赏,上推后被校方采纳,但为了周全情面,把围墙改造的权利开放给了最初提出上报的那群学生。

朱颜小心翼翼地来安慰她,见到的却还是一个无比沉着冷静地站在书桌前画海棠花的温觉非。朱颜问:"学校让那群怼你的人云改造围墙了,你知道吗?"

温觉非淡淡地点头,慢条斯理地来了一句:"苏轼恨海棠无香,但我认为,若是香得不妙,宁可无香。"

朱颜立马伸手摸她的额头:"宝贝,你都气得穿越了?"

温觉非瞥她一眼,拂开她的手,解释道:"不让我改才好,不然我直接把墙改成'京大建筑学院某些恶臭学生群像'。"

朱颜说:"你这也太狂了,能不能低调点儿啊?"

"已经很低调了。我最初的想法是画一个巨大的自画像,把它改造成我的专属名人墙。"

朱颜一脸恨铁不成钢："温觉非，你……"

只是在开玩笑逗朱颜玩的温觉非疑惑地看向她，朱颜一把扑上来抱住温觉非："真帅啊！我一个女的我都觉得爱死你了！宝藏女孩啊！"

"你冷静点儿，别蹭翻了我新磨的墨——"

……

但温觉非仍然因此成名，京大人人都知道建筑学院有个大一就敢和师兄师姐硬杠的女孩儿，长得是清扬婉兮的美人模样，但见人总是冷冷冰冰，好不容易开口说话了，也是语不惊人死不休那茬儿的。最初还有人觉得她可能只是热爱抬杠，大一结束之后温觉非那高到直接拿下国家一等奖奖学金的绩点，终于让所有人都闭了嘴——对，她真的就是长得漂亮，才情又高得惊人，还特别有个性和想法而已，真的仅此而已。

想起从前这些轻狂难免有些羞耻感，这时白简行已经挽好衣袖、拿起喷漆，再次发问道："画哪儿？这可是我二十岁之后少有的叛逆时刻。"

温觉非笑得眼睛微弯，指了指墙中央一块被雕成藻井状的地方：
"脸画这儿，头发往云气纹上画。还有什么字的话，往左下角喷。"

白简行一边摇喷漆一边笑道："那你等我一会儿。抽象简笔画，
很快的。"

确实，他已经提前构思好了图案和用色，一笔即成的精致侧脸
和飘逸在云气花纹上的长发，在左下角画了一个涵盖她名字首字母
缩写的图标，是叠加了视觉错位效果后的一个彭罗斯三角，颇具设
计感。末了再在墙的四角添加了一些和主体颜色相呼应的小元素，
成功将其他图案也收纳进整幅作品之中，产生一种融洽又不失新奇
的美感。

温觉非站在不远处，借着手上和不远处的灯光欣赏他的作品，
心叹果然有才华的人在哪个方面都非常有才华。

白简行收好东西走到她身边，她望着夜色里也仍然像蒙着一层
光一样好看的他，赞叹一声："画得很好。"

白简行正在整理衣服，但仍目不转睛地看着她："幸好你是现
在想上名人墙，要是放在六年前，我就得熬夜去学涂鸦，还得为你
挨个大过的处分了。"

她带着笑凉凉地来了一句："你以前也不是没挨过。"

　　确实，当年他高三临近毕业的时候就挨过处分，并且不止一次。那个时候他非常叛逆，从来不听课、酷爱玩游戏和打篮球，临近高考之前学校为了能让他收心，提早一个月把篮球场给锁了，野蛮一刀切，甚至勒令高一高二的学生都不许靠近。

　　但，正如炼丹炉关不住孙悟空，锁篮球场的那把小铁锁也隔不开叛逆大魔王白简行。他球瘾来时直接把锁给撬了，一个人玩了一下午篮球，倒也没被抓着，还是学校保卫科来问话的时候，自己大大方方承认的。

　　这可把学校领导气坏了，以破坏公物的罪名直接记大过并且全校通报，就是为了能给他个教训，指望他能安心学习好好高考，给学校拿个状元回来。殊不知，杀鸡儆猴的算盘没打成，白简行却摸出了学校的底线，吃准了他们舍不得罚他，往篮球场跑的频率反而更高了。于是学校广播台几乎成了白简行篮球运动的记录播报台：什么什么时候他去了球场，什么什么时候被发现，什么什么时候被处分，又什么什么时候再去……像是个游戏，年少轻狂的他乐此不疲。

　　白简行想起这些事来，有些无奈地笑，说："那些都是学校走形式吓唬我的，根本没进档案里。真的打个球就记大过吗？多荒唐。"说罢伸手整理外套拉链，大概是手指僵了，拉链怎么整都整不好。

温觉非直接伸手过去帮忙，两下便帮他把拉链拉上。她丝毫没发觉和他的距离变得好近，丝毫没发觉自己几乎是下意识地想和他亲近，她兴起地问道："你是什么时候学的涂鸦？"

白简行低下头看她："大学的时候，在德国。"

四目相对，心口好像被什么东西狠狠一挠，脑海里像有什么轰然坍缩。白简行眼底有光闪了几下，两个人越靠越近，呼吸乱乱地纠缠到了一起，温觉非脑子里热得快成糨糊的时候，忽然听到他非常冷静的一句："校警来了，快跑。"

于是电光石火之间，她被白简行拉着跑出去有几十米远，当真是八百米测试都没有过的速度，温觉非开始考虑下次测试雇白简行来当陪跑，那她铁定能够及格，说不定还能打破尘封至今有十年的女子八百米纪录，那她可真是德智体美劳全面发展。旧运动场附近只有教职工停车场和一栋音乐系专用的教学楼，平日里很少有人经过，此刻就成了他们最好的遮蔽所。

【4】

两人躲进三楼的一间空教室，温觉非累得差点喘不上气，白简行却还能维持着正常呼吸走到窗边观察状况。他伸手想开灯却发现已经断电，只得走回温觉非身边："校警没追上来。"

温觉非这才发觉不对："围墙本来就是开放给学生涂鸦的，我们也不是干坏事儿啊，为什么要跑？"

白简行好整以暇地反问："你想明天整个京大都知道涂鸦墙上画的是你？或者说，知道那是我画的你？"

温觉非被他问倒，白简行又说："我倒是不介意。那要不我们回头……"

"别别别，还是低调点，保持点神秘感。"说罢坐到身旁的椅子上，半撑着脑袋歇息，她实在太久没有剧烈运动了。

白简行也不急，侧身坐到温觉非身后的位置上，托着腮定定地注视着温觉非的背影。等她的呼吸终于和缓下来了，才开口说："这样好像真的还在高中时代。"

温觉非回头，撞进他深邃得像海洋一般的温柔双眸里。他说："和女孩子一起逛操场，做一些简单的事哄她开心，牵她的手一起在校园里飞奔着躲校警，这些好像都是中学时代特有的产物。"

　　温觉非轻笑："反正，我的中学时代没有这种经历。"

　　白简行说："我也没有。那个时候还觉得他们特别傻，何必为了单独待五分钟而被校警撵着跑半小时呢？"

　　"那现在呢？"

　　白简行愣了愣："现在也还是这么觉得。"

　　温觉非险些笑倒："我还以为你是觉得很遗憾：早知道单身这么多年，不如那个时候乖乖谈几次恋爱？"

　　"遗憾不是因为没有做过这些事情，是没有和想要一起这样做的人，一起做这些事情。"

　　温觉非被他绕得有点晕："那个时候有很多女孩子喜欢你啊，你非常受欢迎。"那个时候他想和谁一起，不就是招招手的事儿吗？

　　他挑了挑眉毛："是吗？我怎么记得那时候我是出了名的臭脸脾气差，在学校除了下围棋和打篮球之外对什么都没兴趣？"

　　"这也不妨碍她们喜欢你啊，世界上多得是见色起意的人。你长得好看，脑子聪明，家境优越，还自带言情小说男主角的高冷气场，她们怎么可能不喜欢你？只要你一天发着光，就会一直有人为你前赴后继。"

白简行听得嘴角微弯："不错，看来你很了解我。"

"……"幸好教室够黑，看不清她红得发烫的脸。

"可是，她们都不是你。"

看着他一脸认真地托着脑袋望向自己，温觉非感觉胸口有点热，一句压在心里好久的疑问终于脱口而出："为什么是我？"

白简行露出回忆的神色："因为你一看就和同龄的女孩子不同。和我喜欢吃一样的夜宵，和我喜欢类似的琴曲，安静画画的时候很美。"

年少的心动其实是一件很简单的事，难的是在很多个细碎的瞬间里找到灵魂的契合点。她伸手揉揉他的头发，很想很想说一句谢谢你。

"都弥补回来了吗？十八岁那年的遗憾。"

"有过之而无不及。"

【5】

休息好之后，白简行开车送她回到寝室楼下，下车时看到她一直拿着刚才喝过的那瓶苏打水不松手。他以为她是想顺手把垃圾带走，就说："瓶子放着吧，我来扔就好。"

温觉非不知怎的立马红了脸，像是被人撞破了心事，难得有些慌张地说："瓶子挺好看的，我想拿回去当花瓶……"

说完的一瞬间，温觉非简直觉得自己找了个绝妙的借口，对，就是当花瓶。绝对不是因为和他一起喝过同一个瓶子，而觉得是间接接吻了想带回去好好放着。

白简行相信了，又问："你喜欢什么花？"

温觉非故意笑得神秘："玛格丽特。"

她清楚地看到白简行眼里有喜悦一闪而过。玛格丽特花是木春菊的别名，在十六世纪时，因为挪威公主 Marguerite 十分喜爱这种清新脱俗的小花，便以自己的名字命名了这种花卉。在西方，玛格丽特也有"少女花"的别称，花语是——骄傲、满意、喜悦，还有期待的爱。

白简行试探着轻声问："因为我？"

也没什么好害羞的，她扬起笑脸回应得干干脆脆："对，因为你。"

Qinai De Shaonian, Jiudengle ☺

第六章

花瓶从我这儿拿的，花自然也该我送

【1】

那面被涂鸦上温觉非侧脸的老围墙不出意料地在京大走红。斑斓繁复的抽象色彩和古老的雕刻花纹合二为一，细小的点缀之处推动着整面墙和周遭的景色融合，白简行的侧脸简笔画堪称这面墙的神来之笔。摄影社找来模特以围墙为背景拍了一组写真，加之学校官方配合的大力宣传，成功使得"侧脸墙"成为来京大必打卡的特色新景点之一。

至于墙上的画是谁画的，或者画的是谁，没人深究，也深究不了，一时之间众说纷纭。朱颜在隔天管理学课上刷到摄影社的写真，兴起想和温觉非说下课去看看，结果一抬眼看到温觉非正专注看着讲台的侧脸，竟能和意识里围墙上那幅画完美地重叠起来。

朱颜震住了，又发觉温觉非脸上逐渐浮现甜蜜的笑意，不禁顺着她的目光看去，入目是站在讲台上西装革履的白简行，正在等待上课铃响的他此刻波澜不惊地看着电脑，微微皱起的俊眉更显出一股周正严肃的气质来。

这两人肯定有猫腻！想罢，她立刻开始盘问温觉非："你是不是有什么事情瞒着我？"

温觉非看都没看她一眼，随口就来："没有啊。"

"你最好老实点儿！"

温觉非察觉朱颜语气里的认真，这才转过脸去，两人静默对视五秒，最后是温觉非投降："好吧我承认，你放在寝室抽屉里的那罐水果软糖是我吃完的，我饿了去找你，你没在。"

"谁问你这个啊！"

"那你说的是去年针织衫上的墨水？好吧。好像也是我干的。"

朱颜发出又生气又难以理解的一声："嗯？"

温觉非狠狠皱眉："那你电脑中毒那件事，虽然是因为我操作失误，但我一个电脑白痴也真的控制不了啊……"

朱颜差一点儿就要失去理智了，深呼吸一口气稳住心神，决心不给她继续装傻的机会，而选择直接开口："你知道北校区旧围墙昨晚被人重新涂鸦了吗？"

"这本来就是开放涂鸦的区域，很正常吧？"温觉非的眼神有些闪烁，自知不擅长掩饰，她赶紧找别的话题好把朱颜的注意力转移开，"对了，你能帮我把我家老房子的信息挂到你家的中介所上去吗？我打算把房子卖了。"

朱颜家里是搞房地产的，尤其是中介这一块特别吃得开，早前在帮好几位出去实习的师兄师姐都找到了满意的房子，业务范围可谓遍布全国。温觉非要卖掉旧房子的消息果然足够劲爆，整整把朱颜震在原地十秒，随后才冲口而出一句："为什么？"

温觉非的口气倒是淡定，好像那卖的不是她家的房子一般："还能为什么，缺钱呗。"

"你缺钱我借你啊！那是你爸爸留给你唯一的遗产了，卖掉之后你再回老家的话，上哪儿住去？寒暑假又怎么办？"

"想不了这么多了，你帮帮我吧。回去我把房子的资料发给你，你比我更了解行情，卖多少你帮我决定，但是钱的话越快到账越好。"

这么急？朱颜心里的不安感越来越重，温觉非向来不着眼名利，一直都是有多少钱就过多少钱的日子，半点儿赚钱理财的心思都没有。现在突然这么着急着用钱，该不会是……

"该不会是阿姨出什么事儿了吧？"

一语中的，温觉非沉默半晌，只得如实相告，道："也不是出什么事儿了，就是换了一种药。进口的，贵点儿，但据说效果好。要是真的有用，能够抑制病情、让她身体总体情况好些的话，医生说过段时间就能安排动手术了。"

朱颜急了："动手术也是一笔钱啊！到时候上哪儿筹去？"

温觉非伸手过来握住朱颜的手，安慰地捏捏她说："现在倒也不是说一分钱没有了，我就是想着多筹点儿，有备无患。我不想让当年爸爸生病时那种……我什么都做不了的无力感再次出现。"

那一直是她记忆里一段最为悲伤的记忆，年幼的她什么都还不懂，只能站在 ICU 病房外面，隔着厚厚的玻璃望着里面被各种管子缠绕的爸爸，眼睁睁地看着他的生命走到尽头。虽然长大之后也能明白爸爸的离开根本不是因为缺钱医治，但那种无力感却一直留在了她心里，伤口也一直没有愈合。

每次听温觉非提起她爸爸的事，朱颜都会觉得心疼得不得了。和她不一样，温觉非是辛苦长大的小孩，习惯孤单、过分独立、恐惧希望更恐惧失望，能够自己完成的事情绝对不倚靠别人，因而总是看起来冰冷疏离的。但实际上，不管她多么遗世独立，说到底也只是个二十来岁的小姑娘而已。

不知道能怎么安慰她，朱颜只得用力回握温觉非的手："你放心，这件事我……"

"我一定帮你搞定"还没说出口，上课铃声猛然将两人的对话打断，讲台上的白简行拿起麦克风开始讲课。朱颜猛地回过神来，意识到自己原本要问的话题早已经被温觉非带着跑偏了十万八千里远。

她奸笑一声，一副看透一切的模样，抱臂笑看眼前的温觉非："围墙上那幅画哈，虽然抽象了点儿，但绝对是按照真人面部线条画的，大家都在猜是谁……但我一眼就能看出是你温觉非哟。"

温觉非哑口无言，只得承认："好吧，确实是我。"

猜中正确答案的朱颜一脸得意，法学生缜密的逻辑思维在高速运转着，她摸着下巴推理道："昨天是你生日，难道是谁送你的生日礼物？"

温觉非哭笑不得地说："好像就是你告诉他的吧？说给我改造一面专属名人墙……"

　　朱颜这才恍然大悟："是白简行啊？我的天，他问我的时候我还以为他要抄袭我的生日礼物创意呢，随便找借口搪塞他的，他真的给你弄了一面专属名人墙啊？这也太无所不能加罗曼蒂克了吧？"

　　温觉非拿起笔假装在听课："你冷静点儿，他在上课呢。"

　　朱颜听后也忙不迭坐正，回想起那个侧颜，评价道："那他画得还挺可以啊，所幸他读管理学去了，不然你们这群搞建筑的都没饭吃。"说着说着，本就没有熄灭势头的八卦之魂又开始熊熊燃烧，憋了不到一分钟就又侧过身去问温觉非，"你俩发展到哪一步了？牵手？拥抱？啵啵？还是已经……"

　　温觉非用手肘轻捅她，好阻止她那张没门把的嘴乱跑火车："胡说什么呢，我们……还只是朋友。"

　　"他还没跟你表白啊？"朱颜说这句话的时候狠狠咬住一个"还"字，颇有恨铁不成钢意味地说，"虽然说放长线钓大鱼也是个不错的计谋，但是他不可能到现在一点表示都没有啊……难道是因为你表现得特别不喜欢他？"

　　温觉非涨红了脸："没有，不是……就是，正常相处。"

　　按照温觉非的个性，一般有男生对她表现出好感，但她对对方没半点意思的话，她肯定会想方设法拒绝并疏远，绝对不会接受对方一丁点儿的好，让对方错觉自己还有机会，然后在她身上花费更多的时间和精力。现在看来，她和白简行还能"正常相处"，说明白简行还是非常有戏的。

"那……他知道阿姨的事情了吗？"

温觉非抬眼看白简行，清亮的双眸里是浅浅的甜蜜和忧郁，她说："还没到要让他知道的程度。"

朱颜不明所以，正要继续询问时忽然对上温觉非那双杏眼，亮得犹如小动物一般。温觉非说："抱歉啊，像这种沉重的事情，总是要麻烦你和我一起承担。"

朱颜伸手狠狠揉了一把温觉非的脑袋："瞎说什么呢，我们俩谁跟谁呀。"

两个姑娘接着笑成一团，从很小的时候她们在幼儿园相遇开始，就要好得如同一罐麦芽糖，黏在一起分都分不开。

【2】

下课之前，温觉非收到陆子泽的消息，约她下课后在孙中山雕塑前见面，说是有话要说。

温觉非正腹诽着这都什么年代了，有什么事情不能直接微信说呢？朱颜却突然凑过头来看她的手机，看见对话框上"陆子泽"三个字时，琥珀色的瞳孔显然黯了黯，随即转开头去再不肯言语。

温觉非有些疑惑，又不好直接问，只得特意绕了个弯子说起下周的棋类国赛复赛："对了，陆子泽不是你在棋社的指导师兄吗？复赛准备得怎么样了？"

象棋组是棋社的王牌棋种，朱颜更是象棋组的种子选手，从大一入社开始就是重点培养对象。再加上朱颜性格本身就讨喜，各位老师和前辈都大有提携她当陆子泽接班人的意向。实际上，朱颜学下象棋也不是特别久，只是小时候爱和爷爷切磋，长大了也就还记得一点技巧罢了，大概是逻辑思维卓越的人都非常适合这类竞技吧。

温觉非不提这茬儿还好，一提朱颜更加郁闷了，摆摆手说："别问，问就是我成他的泡妞情报局了，一天天只知道在我这儿打听消息，我一颗心被他打听得稀碎。"

温觉非讶异道："他有喜欢的人了？"

朱颜一脸"不是吧"的眼神看着温觉非："我估摸着，是个人都知道他喜欢的是谁。"

温觉非略一思索："我不知道他喜欢一个人会是什么样子……"因为他好像对谁都很温柔，对谁都特别好。永远都笑着，光芒夺目但不刺眼，温暖却不炽热。

朱颜白她一眼："你的眼睛如果不需要的话，可以捐给有需要的人。"当初她年少轻狂，什么面子不面子的全都一股脑儿抛在脑后去倒追陆子泽，做的傻事简直能写出一本《当代女大学生倒追指南》，绝对比时下畅销榜上的毒鸡汤类书籍更具实用性和可读性。刚开始的时候每天为了蹲他泡图书馆、偷偷在他位置上放糖和奶茶的事儿就不用多赘述了，对她影响最大的还是棋社宣布新社员可以和前辈双向选择成为师徒的那段时间，她为了能够在一众虎视眈眈着陆子泽的姑娘当中脱颖而出，不惜把所有时间花费在钻研棋艺上面，用她自己的话来说就是：京大怎么就没有开设个象棋专业？世界上有我这么没有尊严、天天献身象棋博弈的法学生吗？这像话吗？

对此温觉非的回应是：你直接变成个象棋，也许陆子泽喜欢你的概率会更大一些。

说实话，这个方法朱颜不是没有认真考虑过，只可惜当今世界整容水平还有些落后，不足以完成她这个梦想。但好在，她如愿成为了陆子泽的指导师妹，在后来还能够拥有和他一起看展览、吃火锅、看电影等特权，俨然已经在迈向胜利的道路上一去不复返了。后来棋社开始高强度的集训，每天都被课业和训练榨得干干净净的朱颜难得没有精力再去天天关注陆子泽了，却在某一天收到他颇带不满的私信："你是不是讨厌我了？"

"没有啊。"

"那你为什么不找我？"

"可能是最近太累了。"

"我虽然看起来有点儿桃花运泛滥，但别的女孩儿找我，我都不会回复的，我真的不是坏人。实在要说，就是有一点徇私，你集训迟到被记名字，我全都偷偷划掉了。"

很难描述那种感觉，像是站在树下仰望的星空终于苏醒，遥远地落下一颗流星给她，是甜的。只可惜，星河万顷，他永恒璀璨，属于她的却永远只有那一刻掉落下来的，转瞬即逝的流星。

"我记得上学期期中的那次聚餐，你们俩看起来关系特别好。"

温觉非开始回忆，那个时候包括陆子泽在内的棋社大四前辈全部都开始为实习做准备，纷纷为找房子的事情苦恼不已，幸而得到朱颜的及时帮助才不至于落到个无家可归的下场，于是就一起攒了个局，几个人一起请朱颜吃顿大餐以表谢意，也好为即将到来的棋社换届大会做个准备。那晚朱颜喝得有点多，原本打算装醉叫温觉非来接她回去，结果温觉非到的时候，她正一脸大义凛然地给已经醉醺醺的陆子泽挡酒。见温觉非来了，生怕她也会被那群已经喝嗨了的前辈灌醉，连忙找了个借口打发她回去。

饭桌上都是熟人，男女参半，朱颜不会遇到什么危险，温觉非就打道回府了。只是那晚之后出现了一个奇怪的现象，就是陆子泽突然开始躲着朱颜，频繁地关心起温觉非来。温觉非是那种需要无端献殷勤的人吗？自然也是一直冷淡着拒绝，直到在医院被陆子泽撞破温妈妈生病住院的事情。

世事好像一个圆，兜兜转转许多事情，到最后居然都能串到一起。温觉非正想问问那晚她走之后到底发生了什么事，朱颜却气鼓鼓地转开了脸，低低地骂了一句："陆子泽渣男！"

问句全都哑在了喉咙里，看来那晚并不愉快。

【3】

"因此说，由科学管理之父泰罗提出的科学管理理论，是美国古典管理理论的代表，其主要内容由制定科学的作业方法、实行有差别的计件工资制、实行职能工长制以及在管理上实行例外原则等六个方面组成，这是本节课我们学习的重点。"白简行顿了顿，然后轻呼一口气说，"那我们今天就上到这里，下课吧。"

学生们听后立马闹哄着开始收拾东西准备离场，温觉非记挂着陆子泽的约定，想着走之前和白简行打个招呼就行了，结果他突然想起什么似的拿起麦克风说："课代表在哪儿，来找我一下。"

有好事的学生立马开始发出起哄的呼声，白简行充耳不闻。温觉非收拾好书包后往讲台走过去，朱颜因着闲来没事想凑热闹，就也跟在了后头。"最帅助教"的热度在最近显然有所回落，以秦婉为首的一众小粉丝也终于失去了纠缠白简行的劲头，他的生活可算太平了点儿。走到他身侧，猛然瞥见他手里的一小束木春菊，不知道是从哪儿变出来的、在手边藏了多久，在这一刻他带着淡淡的笑意不顾他人侧目送到她手上。

温觉非从没有像这一刻这样，觉得送花会是一件如此浪漫的事情。好像是把全世界的明亮和美好都汇成一束，然后捧在手心之中，走过很长的路拿到心爱的人眼前。她从前收到别人的花，总觉得非常徒劳，只觉得它的形式远远大于心意，根本没有必要这样做。但眼下她能清楚感受到白简行的真诚，灼灼地闪着好看的光。

她心里有跳动着的雀跃和温暖，但没有表现得特别明显。接过花之后，她问："为什么突然送花啊？"

"昨晚不是说要用那个瓶子插花吗？花瓶从我这儿拿的，花自然也该我送。"

真是她的每一句话他都上心。温觉非嘴角原本浅缀着的笑容逐渐漾开，一旁的朱颜想假装路过却无意吃到一颗甜到发腻的糖，不禁捂住胸口默默流泪道："我这就去求月老赐我一把姻缘锁把他俩给我锁得死死的，钥匙我嚼吧嚼吧和着眼泪就吞了……"

白简行原本还想约温觉非去吃饭，但温觉非有约在身，只得推托说下次。

刚出教室门就撞上躲在门边的秦婉，她看见温觉非，脸色变了好几变，最终慌慌张张地跑开了。虽然觉得奇怪但也没心思多想，温觉非拉着朱颜匆匆往学校广场赶，远远地看到陆子泽的身影时，朱颜就赌气一般甩开温觉非的手先走开了。温觉非追不上她，只得先走到陆子泽那儿去，看到他手里拿着一个非常精致的黑色礼盒。

"抱歉，来得有点迟了。"

"没关系，迟来的是我才对。前段时间跟着老师去乡镇做志愿活动了，昨天没来得及赶回来，给你发消息你也没回，只好亲自来赔罪了。"

温觉非淡淡地解释一句："昨天太忙了，根本就没有空闲看手机。"大概也就这么错过了他的消息吧。

陆子泽了然地笑了笑，气氛有些尴尬，他抬手把礼盒递给温觉非："补给你的生日礼物，祝你生日快乐，万事顺意。"

祝福词有点俗套，温觉非道谢后接过礼盒，沉甸甸的手感，不安感瞬间将心里的缝隙填满。陆子泽还是笑着，说："打开看看？我也不知道你喜欢哪种，但是现在好像非常多女孩儿喜欢这款腕表和手镯的套装。我花了好大力气才找人帮我买到，希望你……"

温觉非依言打开，看到里面装着一个印有巨大的奢侈品牌 logo

的腕表定制礼盒，确实是时下最流行的轻奢网红款式，一瞬间连继续看下去的心情都没有了。

"可能这么说有点扫兴。"她直截了当地打断，声音和表情一样冷淡，"太贵重了，我不能收。但是你的祝福我收到了，非常谢谢你。"

陆子泽愣了，没想到她会这么不领情。不是说姑娘们最喜欢的就是这种礼物吗？当下哄女孩儿三宝：口红、轻奢品和微信红包，他还嫌口红太轻浮、红包太恶俗，抠破了脑袋才选出这款腕表套装。怎么到温觉非这儿就什么都失灵了？

但他仍然尽力地维持着风度，温温地眯起眼睛笑道："送出去了，就没有收回来的道理。"

温觉非把礼盒盖好，原封不动地递给他，只重复了三个字："太贵了。"

"不贵。和我对你的……和我们之间的友情相比，它哪里值什么钱？除非你就是看不上它，也看不上我。"

又来了，这种陆子泽惯用的手段。温觉非倍感头疼，正想着要说些什么，陆子泽却突然伸手过来拿过礼盒，拆开把里面躺着的银色精致腕表拿出来，边给拆还边说："我刚才路过阿姨的病房，看到阿姨的保温杯有点掉漆了，我们待会儿去超市给阿姨重新买一个吧。"

话题提及温妈妈，温觉非的脑袋"叮"地就死机了。想起自己昨天去看妈妈时她沉睡的侧脸和那张字条，顿时五味杂陈。手腕突然冰冰凉凉的，她下意识一躲，却被陆子泽握住。他手心的温度很高，有些烫人，语气也像是在哄不肯乖乖吃饭的小朋友。他说："先试试好不好看。待会儿见到阿姨，就说是你自己买的。阿姨生怕自己的医药费把你拖垮，害得你连饱饭都不敢吃，你总不能让阿姨一直这么担心着吧？"

温觉非紧紧皱着眉，陆子泽的话像刺进穴位的银针一般，瞬间让她没有力气反抗。那就先戴着吧，小心护着，等到看完妈妈了再还给他。她一定会还给他。

暗暗下定决心，温觉非抬起手看刚好贴合在手腕处的银色腕表和手镯，日光爬过，金属的光泽缓缓流动。

并没有觉得很喜欢，她轻叹一口气，收好不识趣的情绪和想法，抬头对着陆子泽扯出一个没有笑意的笑，说："谢谢。"

没有注意到陆子泽左手那个和她极其相像的腕表，没有注意到不远处对着他们快速举起又放下的手机。

温觉非低头把礼盒放进书包，再小心翼翼地拉长袖子把腕表保护好，才和陆子泽一起出发，往校内超市走去。

她不知道的是，在京大的 BBS 上，一张名为"建筑系女神一脚踏两船"的帖子正以实时最高讨论度被顶上当日热帖第一。

帖子由一个名为"倒吃葡萄皮"的账号发出，里面放上了刚刚偷拍她和陆子泽在雕像下对视的照片，写道："所谓建筑系的女神手段果然高超，前脚收完管理学院白博士的花，后脚又去约会渴尘棋社陆子泽，长得好看就可以为所欲为了吗？"

在下面的讨论区里，"倒吃葡萄皮"更是事无巨细地罗列出了所有温觉非和白简行、陆子泽之间的公开互动，活脱脱一张温觉非的行程表，敬业程度简直让国内最顶级的追私狗仔都自惭形秽。从温觉非频繁地和陆子泽一起进出校园、用同款手机壳、收下陆子泽送的名贵情侣腕表等事开始敲定她和陆子泽的情侣关系，再到开学她给白简行当课代表、白简行接她回家见奶奶到两人一起下棋、一起吃饭，一口咬定她出轨……再加之颇有引导意味的话语，看来是铁了心要造谣抹黑温觉非一把。帖子的最后洋洋洒洒地写出了一句结论：温觉非要是个干净姑娘，我手心煎鸡蛋给你们吃！

帖子一出，满城风雨。人们总是倾向于相信更加猎奇、不同寻常的消息，更何况是温觉非这等美人搭上两个在京大里数一数二的风云级别帅哥，大家早就都铆足了劲儿想看好戏，没事儿也恨不得扒出点儿事来，这回可终于如愿以偿了。

舆论在短短一个小时之内发酵完毕，白简行刚从管理学院办公室出来，准备去校内超市买瓶水喝，手机就收到了同是林渊教授学生转发来的帖子：兄弟，这事儿闹得有点大了。

白简行点开帖子浏览，在满屏被添油加醋过的谣言中，最刺眼的莫过于一条："我是棋社内部人员，虽说同款的手机壳是棋社衍生的周边，很难根据这来说明他们之间的关系，但我真的很久之前就觉得温觉非和陆子泽之间非常亲密了。据说陆子泽都见过温觉非妈妈了，温觉非妈妈对他特别满意。见妈妈这种操作对温觉非这类的人来说，应该是非同一般的身份认可了吧？"

心头的醋意完完全全地被打翻，他太过于明白"妈妈"这个词在温觉非生命之中的重量，在很多年前开始就是她遥远但仅有的依托。他又想起之前在太空咖啡馆时，陆子泽说的那一句"觉非现在所承受的事情，远比你想象的要沉重得多"，心里的情绪更是纠缠成一团乱麻。

在联系黑客朋友帮忙删帖之后，他不死心地点开微信给温觉非发消息。没有问她有没有看到造谣的帖子，没有问她和妈妈怎么样了，只是一句："陆子泽是不是见过你妈妈？"

正在货架前挑选保温杯的温觉非快速回了一句："嗯。"心里又很疑惑他为什么会知道这些？正要打字询问，一旁的陆子泽递过来一个正红色的款式："这个牌子保温效果不错。"

一时半会儿也问不清楚，等忙完这阵子再回去和他聊聊吧。温觉非又给白简行发了一句"在忙"。

收到信息的那一刻，白简行明明很清楚意思是"等得空了我来和你聊"，却在抬头后猛然瞥见温觉非和陆子泽一起站在货架前的身影，那种感觉就像，心里有什么被一只手狠狠地捏碎。

此刻陆子泽正越过温觉非的手，从货架的高处上帮她拿下一个杯子。温觉非接过，不知道是因为他们靠得太近还是他太过嫉妒，在他看来温觉非此时对陆子泽展露的笑容总归非常有甜蜜的意味，两个人站在一处，般配得如同神仙眷侣。

对了，他好像真的从来没有问过温觉非，她究竟有没有男朋友。一直以来他都只是引导着她来了解他，但过程之中她却一直没有主动地让他也来认识真正的她。他到现在也不知道她的家庭状况，不知道她和妈妈的关系在后来变得怎么样了，不知道她在他出国之后都遇到过什么事……一切都像一层透明的隔阂，让他自以为和她靠得很近，实际上从来没有走进过她的世界里。

而这些事情，站在她身边的陆子泽全部都知道。所以那个时候，陆子泽才敢那样大言不惭地让他不要接近温觉非，因为温觉非所背负的东西，早已经由身为男朋友的陆子泽亲自承担了。

他恍惚之中觉得自己一直沉迷在某种幻象里面，好像是因为太过喜欢她，而总是让自己有所错觉。其实仔细想想，她从来没有承认过什么，对待他也一直规规矩矩，甚至连生日晚宴的账单都想和他平摊。他觉得自己好像只是天然占据了身份高地，刚好是她恩师的孙子、公选课的老师、同校的学长，这些身份的叠加让她难以冷漠无礼地拒绝自己。

但一切，也只能仅此而已。

Qinai De Shaonian ， Jiudengle ☺

第七章

如果你说的事实是指我喜欢他的话，

那我可以承认

【1】

温觉非最后是从朱颜那里得知自己在学校 BBS 上被造谣的事情的。她从医院出来之后费了好大力气才偷偷把腕表连带着礼盒一起塞进陆子泽的包里，自己则像逃难一样赶紧回了寝室。

一推开寝室门，她就看到窝在她椅子里的朱颜，身上穿着的睡裙都没整理好，披头散发地抱着手机像是在和键盘侠对喷。这等不知被怎样蹂躏才能达到的视觉效果实在过于震撼人心，温觉非站在门口缓了好久，才转头问正全身心沉浸在游戏里的室友："朱颜这是怎么了？"

室友还没来得及分心回答，听到声音的朱颜猛地冲过来，拉起温觉非的手仔仔细细地端详了一遍。没有发觉异样，她皱着眉问道："陆子泽送你的腕表呢？"

温觉非第一反应是如实回答："还给他了。太贵重了我不收。"

说完才反应过来，又问，"你怎么知道他送了我腕表？"

"何止我？全世界都知道了好吗？而且你那块腕表和他的可是情侣款，偷拍的照片一爆出来，整个陆子泽的后援会都炸了，你都不知道有多少人羡慕你……"越说声音越小，朱颜有些失魂地走回位置上，无力地瘫倒后继续刚才那个姿势，"生活啊，真是无常。那么多人梦里都盼着能够得到的礼物，你还嫌贵硬是还了回去。先别说它值多少钱的问题，重点是那是陆子泽送的呀，后援会的群里有个小姐妹，连当年陆子泽送清凉时递给她的矿泉水瓶子都留着，你真的不知道我们有多卑微……"

我喜欢的人竟然喜欢我最好的朋友，这种狗血戏码居然真的能够这样不讲道理地发生。她原本以为是自己不够幸运，没有办法得到他的喜欢，所以即便是面对他在示好后的突然转变，也没有办法去追究什么……可是他怎么能，怎么能转变得这么快呢？

温觉非这才明白过来，她的好朋友，虽然一直假装着毫不在意，其实是真的非常非常在意欢陆子泽。她走过去摸摸朱颜的头发，柔声说："因为我自认为和他只是普通朋友的关系，所以这么贵重的礼物如果收下了，不知道要怎么报答才好。对不起啊。"

朱颜抬眼看温觉非，不习惯两个人之间这么悲情，她故意挤眉弄眼地学着温觉非露出委屈的表情，噘起嘴嗔她："笨蛋，干吗说对不起？"

　　温觉非一本正经地答道："作为你的好朋友，我应该和你喜欢的人保持更远的距离的，而不是让你误会我们之间正在暧昧，然后害你伤心。真的对不起。"

　　"傻啊你，我没有要怪你的意思。你这么好，我巴不得全世界都能喜欢你、对你好，这样我就不用担心你在外面会受委屈了。至于他不喜欢我，实在是太正常了，不是有一句话这么说——喜欢的人也喜欢我，就好像是王母娘娘显了灵……"

　　温觉非及时纠正："是'你喜欢的人也喜欢你，感觉就像神迹'。"

　　"对对对，我毕竟是个唯物主义者嘛，得不到神迹眷顾很正常。而且，这也只能证明我不是他喜欢的类型，而你是。不能说明我和你之间谁更有价值之类的，更不可能成为我和你之间的裂缝……"

　　越说声音越小，好像怎么都没有办法完全说服自己，怎么都没有办法忽略掉心里的失落和委屈。朱颜顿了顿，看向温觉非的眼睛："主要是，讨厌你太难了。从小就是，见到你就只想着要对你好了，怎么都干不出伤害你的蠢事。"

温觉非一颗心都快化了，看着朱颜逐渐失控的悲伤表情，又感觉像是被锋利的爪子不断地抓挠。她急急地向朱颜解释："你听我说，真的不是你想的那样。我会跟他成为朋友是因为什么你也知道的，我妈妈受了他很多照顾，我真的非常感谢他而已。我没想到会变成这样，那块腕表是他说要送我当生日礼物的，我没有收，至于什么情侣款的我也就更不明白了……"

"我知道，错不在你。"朱颜抬手擦掉眼角的泪痕，"是我太自作多情，误会他了。以为他愿意多看我一眼就是对我有意思，以为他多和我说几句话就是爱情了，其实哪有那么简单？"

越解释反而越有狡辩的嫌疑，温觉非彻底急了，皱着眉娇嗔地一跺脚，道："烦死了，为什么只要我身边一出现男生，就会有人说那是我的暧昧对象啊？"

原因很简单，一，她长得实在漂亮；二，那些男的也是真的图谋不轨。在这个爱情都速食的年代，就没见过有几个男生是真的抱着交朋友的心态去认识一个异性的，不是对你有意思干吗在你身上浪费时间和表情呢？这个说法虽然是直白了些，但显然已经成为很多人默认的价值观了。

朱颜想着，45度角抬起脸忧伤地仰望起明媚的照明灯来，手机忽然一响，她瞟了一眼信息，立马鲤鱼打挺坐起身拿着手机开始不停地点点点，嘴里也愤怒地开骂："我一定要喷死这群抹黑你的脑残，她们就是见不得人好，只要是长得好看的女孩子就必须得是狐狸精？她们的思想怎么就那么龌龊啊？要不是那个帖子突然被删了，我一定顺着网线爬过去，把那个什么'倒吃葡萄皮'揍得连葡萄皮里已经分解了的花色苷分子都吐出来！"

这样一番残暴又不失科学理论支撑的发言让温觉非倍觉惊悚，开始怀疑起朱颜究竟是法学院的学生还是生科院的学生，反倒是对她所说的抹黑帖子没什么兴趣。她讨厌八卦，也不喜欢刷BBS，更是对大家动不动就大惊小怪的行为已经免疫了，以为又只是一部分无聊的人在乱传消息。但在三分钟之后，她听完朱颜的陈述，也粗略看过一些被删帖子的截图，升腾而起的被羞辱感连带着怒气一并占满了她的心脏。

"能查到那个'倒吃葡萄皮'是谁吗？"

朱颜一愣，拍拍脑袋说："新生入学注册BBS就要实名制，

要查肯定能查出来。我认识一个信科院的师兄，好像就是负责运营
BBS 的。"

温觉非点点头，忽然想起什么似的，打开书包把白简行送的那
束木春菊拿了出来，垂着双眸开始细细地整理："那你帮我问问。"

十分钟后，朱颜说："查到了，是国贸系大一的秦婉。"

此刻那几朵木春菊已经很好地被安置进了那个玲珑剔透的苏打
水瓶里，正在纤纤素指下舒展着自己柔媚的腰肢。温觉非看了一眼
时间，说："能找到她人吗？"

朱颜有些讶异："你找她干吗？"

"聊聊呗。既然她都这么关心我了，我不适当表达点儿谢意的话，
多说不过去。"

"她曾经也想加入棋社象棋组，加过我微信来着。"现任象棋
组组长的朱颜挠了挠后脑勺，正想说"我陪你一起去"，温觉非就
小心地把插满花的花瓶摆到桌子旁边，对朱颜说："问到了就发给我，
我先去给她买点儿小礼物。"

望着温觉非出门的笔挺背影，朱颜若有所思地摸了摸鼻子，她
该不会气傻了吧？买礼物给第一手造谣她的人，就像那些明星都恳

意花上几千万去买狗仔们偷拍到的料？这么曲线救国的吗？

【2】

然而事实是，温觉非面无表情地走到隔壁公寓楼下的便利店，买了一只生鲜的鸡蛋。广告牌上贴着是"农家自产蛋"，结账的时候她随口问了一句老板娘："这是您家的鸡自己产的蛋吗？"

老板娘大手一挥："不是，都什么年代了，哪还有人养鸡能等到它生蛋？"

温觉非一时无语凝噎，寻思老板娘也是实在人，虽然话里蕴含的写实主义讽刺精神很是独到，但要是遇上了朱颜，两人就非得就当前严峻的食品安全问题和虚假广告问题来一次辩论赛不可。

刚想到朱颜，她的信息立马进来了，上面写着秦婉的寝室号，说秦婉现在正在寝室里优哉游哉地看着韩剧呢。

温觉非冷笑一声直接到秦婉的寝室去了，敲开门后直接问一脸震惊的开门人："秦婉在吗？"

开门人被她身上又冷又狠的气场吓到，唯唯诺诺地退到一边。

温觉非直接进门，往正一身睡衣、敷着面膜戴着耳机看剧的秦婉走去，轻轻拍她的肩。

看得正入迷的秦婉被打扰，一脸不耐烦地扯下耳机回头，看到温觉非微笑着的脸时，那一刻她的表情变化因为敷着面膜没能看清楚，但光从眼神里也能得知是瞬息万变、精彩万分。温觉非定定地看着她："你就是发帖的'倒吃葡萄皮'？"

秦婉有些慌了，眼神心虚地闪烁着，几乎是下意识地脱口而出："不、不是我……"

温觉非冷笑一声："不是你？那你慌什么慌？"说罢直接伸手拉出她的右手，把刚买的那只鸡蛋塞到她手上，一张宛如蜡刻的脸冷得像蒙上了一层霜，"来，煎。不是说'温觉非要是个干净姑娘，我手心煎鸡蛋给你们吃'吗？今天你要是煎不出来，有你好果子吃。"

秦婉没想到有这么一出，惊得面膜都差点掉下来，声音也不自觉地抖了抖："你、你怎么知道是我？"

温觉非的声音越来越冷："就许你天天二十四小时不间断地监视我，不许我稍微关注一下你吗？学妹，喜欢的事物得不到，可能有很多缘由，但我建议你还是多在自己身上找原因。如果得不到就去怨别人，只能说明你人品也很一般。你扪心自问，这样的做法，配得上你喜欢的那个人吗？"

秦婉看着温觉非的脸，脑海里闪过无数个画面，竟然委屈得几欲哭出来。她恼羞成怒地把鸡蛋往地上一摔，蛋浆从碎裂的蛋壳里迸出来，流了一地。她扯下面膜，捂着脸哭道："我就是看不惯你那个样子！每天就只会装清高，看起来一副不近烟火的样子，背地里就只会勾引男人！"

温觉非看了一眼满地的蛋清，皱着眉捂住鼻子，说道："我原本是想直接把鸡蛋磕你手上的，但想着这个蛋不是新鲜的，可能会很腥，现在看来还真是这样。"

秦婉哭得满脸涨红，五官全部皱在一起："你在这儿装什么好人？"

"我没有想过要装。我是怎么样的人，了解我的人自然会知道，我从来不花费力气去向别人展示什么。这是法治社会，大家都是守法公民，我不可能真吃了你，但你造谣抹黑我是既定事实，你必须发帖澄清，向我道歉。"

"造谣抹黑你？你和陆子泽、白简行之间的那些事，难道不是事实吗？"

"我和陆子泽只是普通朋友。这个关系，你去问陆子泽本人，也会得到同样的回答。"

秦婉立马抓住了话里的漏洞，尖锐地提问："那白简行呢？你的意思就是，和白简行的事情都是事实咯？"

"……"

温觉非颇觉心累，眼前这好看的小姑娘真是块当八卦记者的好料，应该建议她火速转去新闻学专业，不要再在国贸系浪费资源了。

"如果你说的事实是指我喜欢他的话，那我可以承认。"

……

温觉非并没有花费多大力气就把秦婉摆平了，道歉的帖子发出来时，温觉非刚好等到回北校区的校内巴士。刷好卡一回头就看到了坐在后排的白简行，在感觉到雀跃的同时不禁感叹着命运的安排，真是适时又奇妙。白衬衫外搭一件深灰色的毛衣，再配上黑色的西装大衣，凌厉的衣领线条将他的脸衬托得更加有立体感。他正静静地望着上车的她，头顶的灯光落在他高挺的鼻梁上，晕出淡淡的光。

温觉非几乎想都没想就往他身边坐过去，她没发觉他这次看她的时候没有笑意。一排三个位置，他原本坐在中间，偏生在温觉非坐定的那一刹那，他起身挪到了最里面的座椅上。白简行的声音像冬日凌晨将冰未冰的露水："我们现在似乎不适合坐这么近。"

温觉非讶异地看向他，他看向前方的眼神和表情一样无神，像弥漫着一片大雾。她问："你看到 BBS 上的帖子了？"等不及听他回答，她自顾自地解释起来，"我没有一脚踏两船。"

有些急迫的解释听在白简行耳朵里，是被困扰之后不想让他继续误会的举动。那其实他能误会什么？无非就是自作多情地以为自己是那两条船的其中之一，他费尽心思尚且得不到她半点信任和依赖，谈什么自作多情呢？

他只能淡淡地点头，声音像烟雾："我当然知道。"

一句话把她所有的解释全部堵死，他说了他知道，可是温觉非偏偏就觉得他不知道。

她又沉默了一会儿，白简行猜多半是帖子出来以后，陆子泽和她谈判了，要求她来和自己划清界限，此刻她正难以启齿。

她果然很不擅长做这些事情，尽管看起来总是个冷面小姑娘，但一颗心柔软得根本不舍得伤害任何人。憋了半晌，她才又说："那束木春菊我很喜欢，在花瓶的水里加了点维 C 片，据说可以多养好多天。"

　　这简直不是她的风格。白简行继续冷着脸，说："挺好的。"

　　温觉非想笑，但是无论如何笑不出来，只得干干地咳了一声。巴士终于发动了，铺天盖地的引擎声里，她压低了嗓音，说："对不起。"

　　"没关系。"是真的没关系。不想去管她为什么道歉，不想去管自己到底有没有被伤害，不管她做了什么都好，他都只想回答一句：没关系。

　　温觉非终于在这三个字里抓到了一点温柔和爱意，不由得坐直了身体，想认认真真地告诉他自己的心意。这种没来由地严肃让白简行也莫名地紧张起来，他生怕她还是鼓足勇气说出断交之类的话，他不想突然地就面对失而复得之后的再一次失去，哪怕失而复得本身并不存在。

　　温觉非说："白简行，有些话我不知道应该怎么说……"

　　她在自己的眼神里写满了期待和欢喜，只可惜他一眼都没有看着，他只死死地盯着身前的椅背，用冷冰冰的语气一句话堵住她："那就别说了。"

原本胀得像欲飞的气球，被一句话踩进寒冰炼狱，"嘭"的一声炸得粉碎。温觉非感觉自己脑子里正有什么在轰然倒塌，耳边突然响起朱颜带着哭腔的那句话，说："是我太自作多情，误会他了。以为他愿意多看我一眼就是对我有意思，以为他多和我说几句话就是爱情了，其实哪有那么简单？"

她没有想过会是这样的境地，他竟然连告白的机会都拒绝给她。

温觉非感觉到自己的脸因为羞耻涨到发疼，她最为重视的自尊心正被人扔在地上随意踩踏，这一天下来积攒的所有情绪都在此刻被打翻，浆泥一般糊住她的每一条神经。

"我们以后还是尽量保持距离好些，免得又招来什么风言风语。"白简行尽量让自己的语气听起来轻松一些，但脑海里播放的全都是陆子泽和温觉非站在一起的画面，任凭他怎么努力都挥之不去。他缓缓闭上眼，强迫自己停止思考，声音里也带上了些许疲倦，"太麻烦了。"

"好。"温觉非淡淡地应承，不会再麻烦你了。

此后直到下车，两个人都再没有说过半句话。

Qinai De Shaonian , Jiudengle

第八章

此刻他只想马上去到他的小姑娘身边

【1】

日子很快走到十二月，是一年中的最后几周。选修和公共课都纷纷进入收尾阶段，课表蓦地空出好多时间来，倒是让习惯了早课的生物钟有些猝不及防。

气象预报说一股极寒气流即将到来，把早已低于零度的气温再度推低，整个京市都将普降大雪。棋赛复赛在一场大雪之中如约而至，温觉非抽到在城市东边的另一个赛区，要在大冬天里早起冒雪去搭地铁，真是叫苦不迭。加之复赛圈的水平远远高于初赛圈，她对自己能继续晋级这件事没半点信心，却又只能硬着头皮继续去比，真可谓"千里送人头"。

在地铁口遇到撑着伞匆匆赶来的陆子泽，才知道他被邀请去同一个赛区当象棋组的评委，同行也是顺理成章的事。一路上因为人多几乎没怎么搭话，温觉非在地铁上站着的时候，特意瞅了一眼陆子泽的手腕，发现他今天戴的竟然是一块黑金机械表，猜想应该是特意避讳和她情侣表的那件事。

想来也觉得好笑，只是一条子虚乌有的造谣帖，生生把她仅有的几个朋友都弄得这么尴尬。道歉和澄清果然无济于事，世上最难的就是修补破碎的事物，哪怕用尽全力去拼凑、黏合，也只能得到一样和过去大不相同的东西，然后终生都只能望着那些碎过的地方。

很快就到站。冷风簌簌地刮着，进站时还只是吹风，才不到一个小时的车程，出来就已经飘起了大雪。温觉非把脑袋缩进帽子里，双手撑伞才勉强挡住这狂风暴雪，却被吹得站在原地动弹不得。陆子泽见状，走过来直接把伞放到温觉非身前当挡风板，一只手推着温觉非的肩，说："走吧，我送你过去。"

温觉非正想拒绝，陆子泽又抢在她开口前突然蹦出一句："对不起。"

温觉非有些摸不着头脑，他解释说："我自顾自地对你好，肯定给你带来了不少困扰。我这个人特别笨，又是第一次遇到这样的事，真的不知道应该怎么处理……但是你放心，我一定会对你负责的。"

负责？温觉非一头雾水，猛然想起大一那次朱颜和他们聚会之后的早晨，刚吃完早餐的她在饭堂门口遇到一脸惊慌的陆子泽，他也是说了这么一句话："我一定会对你负责的！"

那时她也一样莫名其妙，以为他是认错人了，直接白他一眼走掉。现在想来，事情怎么那么奇怪？为什么突然说什么负不负责的，他和她之间有什么责可负？

她正要开口询问，却被一阵突如其来的夹雪风吹了个满面。陆子泽连忙推着她往比赛场地走："快点吧，不然就要迟到了。"

在风雪里行走实在是困难，她分不出心来追问，只得先搁置。陆子泽把她送到围棋组的比赛大厅后便匆匆走了，在进入选手候场区之前，她特意溜到观众区去看了一圈。只有零星几个人，寥寥地散落在眼前，没有她期盼看到的身影。

这次她几乎是意料之中地败下阵来，比赛结束得很快。比赛期间，她问了和她做对手的那个男生一句，才知道人家学围棋已经快十二年了。听到回答的那一瞬间她就坦然了，若是这样的选手真的在复赛里败给她这么一个才认真学了没几个月的愣头青，那才叫真的没天理了。

比赛结束后，温觉非礼貌地谢绝了对方加微信的请求，抱起自己的羽绒大衣闷声不响地往外走。路过观众区时还是没忍住探头往里看，这回连仅有的几名观众都不在了，整个教室空无一人，更遑论她一直盼着想见到的白简行了。

他真的没有来。

一个人裹着大衣出了赛场，被暖气温暖的身体很快被冷风吹凉。雪刚好停了，天空被灰白色渲染，阴沉沉地亮着。她感觉心里空落落的，说不上难过，也不是生气。她很少有这种摸不清自己情绪的时刻，只有鼻子瓮瓮地堵着，憋得很难受。

没关系，明天是最后一次管理学公选课，说不定还能见到他呢。到时候等下了课，有什么话再想说，还可以借着课代表的身份去说。她一边走一边安慰着自己，从来没有觉得自己答应他当这个课代表是那么明智的一件事。

她裹紧外套，脚步迈得更快，好像这样就能立马跑到第二天，跑到白简行面前一样。在途经某一栋建筑物时，突然闪出一个身影飞快地向她跑来。她定睛一看，是陆子泽。两人并肩而行，上课铃声响起，偌大的校园里只有他们两人，在悠扬的旋律中向门口走去。陆子泽侧过脸看她，发觉她哪怕已经里三层外三层地穿了好多衣物，仍然冻得发抖，便下意识问："冷吗？"

温觉非摇头，两个人刚好走到地铁口，陆子泽看到不远处有自动售卖机，和温觉非打了声招呼就跑了过去。温觉非躲在地铁口的巨大柱子后面躲风，陆子泽买了一罐热咖啡之后小跑着回来，温觉非接过道谢，一回身就看见站在自动扶梯上的白简行。

那一眼把她整个脑海里的警报拉响，她完全不能预想到居然会在这里遇到他，他穿着一身深色西装从世界的另一头出现，深邃漂亮的眼睛静静地注视着她，已经把在此之前她和陆子泽所有的互动都尽收眼底。

她想不明白这究竟是怎样一段孽缘，白简行怎么会出现在这里？这里坐地铁回京大都将近一个小时，又是大雪的糟糕天气，如果不是为了看她比赛……

设想还没完成，就被白简行直接往前走的动作打破。他像没有看到她一样直接挪开视线，可是现在整个空间里就只有他们三个人，她想假意骗自己都无法做到。白简行双手插在西裤口袋里走出了地铁口，离开之前还是回了头，视线在半空再次与她相接。

他的眼睛深如黑潭，像从前一样漂亮，却含着她所不熟悉的淡漠，好像以前那双漆黑眸子里满含着的温柔笑意，只是一个不真切的梦。

　　温觉非想，那一刻她的表情一定十分怪异，才导致陆子泽在后来非常关切地问了一句："你怎么了？脸白成这样？生病了吗？"

　　那一刻白简行的身影刚好消失在拐角，不知道他有没有感受到身后来自她的视线，肯定会像芒刺一样锥骨。说为了不招来风言风语要保持距离，竟然要疏远到连招呼都不打吗？像六年前一样，回到陌生人状态？她从未想过会是这样。

　　收回视线，温觉非抬手胡乱抹了一把脸，敷衍地回答说："大概是刚才补妆扑了太多粉。"说罢转身，走上自动扶梯。

　　【2】

　　最后一次的公选课，温觉非早早地起了床，早早地化好妆奔到教室，早早地坐在第一排等待白简行的出现。寒风一贯的凛冽，虽然阳光也很好，但没有半点温度。从玻璃窗外洒进来，像一汪没有波澜的死水。她幻想着在某一刻白简行会风尘仆仆地推开教室门走到讲台上，也许肩上会带着落雪，也许脸上一如既往地没有表情，但这也没关系，他光是西装革履地站在那儿，就已经能够迷倒在场所有性取向为男的学生了。

可惜，最后在一众期盼和欢呼之中推门而进的，不是京大本学期热度最高的助教白简行，而是割完盲肠回国疗养的林渊教授。五十出头的老男人，据说在白简行的研究方向里是世界范围内的标杆性人物，有着京大教授标配的地中海和黑眼圈，不爱客套，讲话毫不留情，一双眼睛眯起来看不清是戏谑还是笑意。

第一节课下课之后，一堆女学生涌过去问林渊为什么白简行没来，得到的回答是他飞外省跟进新课题了。

坐在第一排的温觉非一字不落地听在耳里，可这对她来说简直毫无说服力：昨天才见到，今天就飞外省了？上了整整一学期的课，偏生最后一节就不来了？

没有力气再思考下去，她冷漠地收回已经暗淡下来的眼神，合上课本起身要去洗手间。腿不知怎的有些软，走路的时候好像被什么绊了一下，她低头看见满地灰尘，正如她尽数碎掉的期待。

【3】

白简行是真的因公出差，晚上才拖着行李抵达林渊安排好的住处，准备和同门的几位师兄一起完成课题最后的收尾阶段。放置好行李，硬是被几个大男生拖着去吃饭，嚷嚷着要给他接风洗尘，实际上就是找个借口逃出公司去。

一行人来到市中心一间有名的日本料理店。被服务员引着往座位走时他忽然瞥见不远处一个清瘦的身影，傲然扬起的侧脸，长发薄肩，像极了温觉非。他心里一惊，定睛去看时那个姑娘也刚好回头，五官称得上端正，但远不及温觉非的精致漂亮。

他暗暗吐槽自己，怎么能够看什么都想起她来？今天早上接到林渊让他出差的通知时，准备去看温觉非棋赛的他还迟疑着想要拒绝，但事关他接下来要发表的一篇 SCI 论文和个人新项目，林渊要求他无论如何要赶过去收尾。无奈，他只得应承下来，订了最近的航班，无声地在公寓里收拾起行装来。

不去就不去吧。说好了保持距离的，现在又过去看她棋赛，言而无信倒是其次，再害她心情不好怎么办？他尽力劝着自己，狂暴的冬风用力捶打着卧室的窗，离开之前他伸手去关窗帘，望见整个城市几乎一片银白。

放心不下，真的放心不下。她要是一个人去的话，这么大的风雪，那么瘦弱的小姑娘怎么承受得住？他放下行李用力关上门，不去想什么前途将来，此刻他只想马上去到他的小姑娘身边。

下雪路滑不好开车，他难得坐一趟地铁，掐着时间希望能赶在她比赛结束之前去到场地接她，却在出站口看见她和陆子泽站在一起的身影。

刮人一般的冷风直直从雪地里吹来，灌进口鼻后却成了滚滚酸味，直冲脑门。他笑自己，来时还在想这么大的风，害怕她一个人抵不住，却又忘了除了自己还有另外一个人，那是她的男朋友，理所应当地会替她挡掉这些风和雪。他来得那么迟，又那么多余。

六年，他以为强大之后可以拥有弥补缺憾的能力，可以伸手握住唯一让他心动的小姑娘。只可惜，还是来迟了。

沉默着径直走进雪地里，离开前还是没忍住回头去看了她一眼，她向来很怕冷，看她穿得跟个小球一样，完全不是平日里仙气飘飘的模样了，倒透出一股子乖巧可爱的气质来。再往上看，出乎意料地和她受伤的眼神相接，刹那间心都快碎了，恨不得当场过去抱抱她，真不知道是哪里来的硬气支撑着自己面无表情地走远的。

是了，他忽然想起自己从前就是这样的人。冰冷漠然，锋利凛冽，心情糟糕时看谁都不顺眼、对谁都没有好脸色，只是遇到她之后，不知不觉地变得柔软了而已。

那么往后再回到从前，应该也不会很难很费劲。

【4】

做课题的日子自然比在学校待着要枯燥些，相对也更加有条不紊。他说到底是个极其理性的人，哪怕生活里再多不愉快也都会尽数隐忍，半分都不会带到工作中去。某天深夜里终于完成了课题里他的个人论文，顶着黑眼圈发给林渊后倒头就睡。

翌日再起，打开林渊审核后发回来的修改稿，发现字数几乎没变，只是标题下赫然多了一个第二作者，后面写的名字他虽未谋面但也曾听说过，和他们团队现在正在考察调研的集团有关，正是集团副董事长的儿子。

怒火立起，他愤然地问林渊：“这是什么意思？”

“这是规矩。”

文字没有声音，也看不到表情，林渊寥寥几字的回复更让他觉得恼火，什么破规矩？这个第二作者才刚十一岁，就敢大着脑袋来顶一个博士级别论文的作者位置？

微信上也说不清楚，白简行越想越觉得不妙，便立马收拾行李回了京大，气势汹汹地杀到林渊的办公室。

林渊淡笑着招呼他坐下，似乎早已经料到。他是什么级别的人精？留美海归，业内拔尖，而立之年就任教奥海姆大学、受聘成为京大名誉教授，一表露出回国念头就立马被晋升成博士生导师。眼前脸漂亮、专业简历比脸还漂亮的白博士，就是他从奥海姆大学带回给京大的"见面礼"。

起初白简行是打算留在奥海姆读博的，就那时的局势来说，既能给他提供世界范围内的顶尖资源，又能和他对接往后的国内发展的导师，放眼整个奥海姆大学，最好的选择就是林渊。面试的时候，林渊坐在几位面试官中间，什么专业问题都没问，直到最后白简行要走时才直接用中文对他说："我给你两个选择。一，你来读我的研究生，跟我回京大；二，我扯条绳子吊死在你面前，一屋子妻儿老小从此往后无人赡养，你随便选一个吧。"

白简行惊在原地，他向来知晓林渊不爱按套路出牌，但不曾想竟然可以不要脸到如此无药可救的地步，顿时有种开了眼的新鲜感。

综合多方面因素考虑了十来秒，他淡淡地给出一个答案："好。"

　　顶尖管理学家归国执教，还带回来一个专业素养媲美教授的博士生，活脱脱的两部学术成就生产器，可乐坏了京大管理层，直接打起了培养白简行日后直接留校任教的算盘。而导师和研究生之间说白了，本身就是各取所需，我给你资源、你帮我赚钱，学生写出的论文甭管它漂不漂亮，先拿来榨一波剩余价值再说。整个世界想要靠学术头衔升学、拿奖、评职称的人不计其数，但到了林渊这个位置，再拼命搏职称和头衔已经没有什么意义了，于是德高望重的教授摇身一变，从论文的生产者变成了贩卖商。

　　"简行，你是个聪明人，有话我就直说了。我们团队这次调研大部分的资金支持，全都来自他们集团。饮水思源的道理你也明白，我们总该有点儿回报。"

　　话倒是说得冠冕堂皇，国家级课题本身就有项目资金支持，他还拉上这个大集团做赞助，到底是在做学术还是做生意？白简行暗觉可笑，吐槽道："老板，一个十一岁的孩子，你说他深入研究过REITs市场和不动产证券化？不觉得滑稽吗？"

　　"这世上最不缺的就是所谓的天才。只要家里有钱，拿得到资源，什么天才造不出来呢？"

"可是我整篇论文将近两万字，没有一个字出自这位'天才'之手。"

"话不能这么说。"林渊端起茶杯，他实在太过于了解自己这个学生了，早早就备了一手，"记得你前天收到的那份建模数据吗？那是集团独家提供的。按照你现在的人脉来说，绝对拿不到这个数据源。"

白简行皱眉，仍然不死心地拒绝，说："那个建模数据拿掉，对这个研究命题的成立论证也不会有根本性的影响。"

"是啊！"林渊像是终于点通了榆木脑袋一般，高兴地一拍桌子，"正如在你的论文里加上他的名字，不过是第二作者，对你能有什么影响？你照样可以在 SCI 上发表这篇论文，照样可以研究这个分支，甚至可以以此为基础去申请一个由你主持的研究课题。公费，国家级的，到时候我一定全力支持你。"

威逼利诱，仅仅几句话就把他所有出路全部堵死，换作一般人早就乖乖服软投降了，偏生白简行就是天生硬骨头，对林渊的话无动于衷。他天生自信，能力卓越，虽说家境优渥但自幼做事除了实力以外还没有靠过谁。这样凭自己能力建立起来的自负，可比那些不知天高地厚的愚蠢可怕得多。

他不动声色地看着林渊，说："这是原则问题。"

林渊嗤笑出声，模仿着时下流行的"黑人问号脸"露出一个极其滑稽的表情，反问道："原则这种东西，不就是为了让人打破才存在的吗？你要是这么不识趣，我只能暂停你在调研团队里的工作了。"

白简行见沟通无果，转身就走，只丢下两个字："请便。"

林渊的手段比白简行想的要狠绝得多。他毕竟是国内数一数二的管理学家，又有各种教授、顾问、高级学者等头衔加身，要封杀白简行一个刚归国的毛头小子简直是易如反掌的事。若是为了一篇论文自然不至于做到这个地步，林渊想要的，就是狠狠挫一挫白简行的锐气，让他乖乖收心，真正为自己所用。工作暂停、论文被毙、正准备申报的个人项目被驳回，甚至从前见到他就嬉皮笑脸的各位院系领导都绕着他走，白简行的事业就此步入低谷。

这些消息自然逃不过京大那一群时刻关注着白简行动向的女学

生，虽然她们得到的消息相当有限，只知道白简行是因为犯错而被临时停职，照样心疼得哇哇乱叫。

消息几经辗转传到温觉非耳里，那时她正坐在咖啡馆里，约她出来的老院长去了洗手间，而来接她待会儿一起去吃饭的朱颜正眉飞色舞地讲着这个八卦。

老院长是温觉非本学期建筑制图课的任课老师，是一位即将退休但非常和蔼的老先生，德高望重，据传还是位家底厚实的富豪级别人物，出了名的爱才如命。寒假期间，老院长要主持一个市级博物馆设计项目，向期末作业拿到全系最高分的温觉非抛出了橄榄枝，约她来咖啡馆面谈项目细节，希望她能够加入。

这样一个实操的机会自然难得，但温觉非仍然非常犹豫，毕竟这会花掉她寒假的大部分时间，而妈妈的手术很大可能性是在寒假进行。朱颜说完第一手情报后，见完全沉浸在自己思考中的温觉非毫无动静，恨恨地摇摇她的肩膀说："温觉非，你能不能打起精神来？你男人步入人生低谷了！这个时候难道不应该是你带着圣光出场，挥一挥你的巴啦啦魔仙棒把他变回当初的王子模样吗？"

温觉非漠不关心地转过脸："我既不是圣母玛利亚，也不是魔仙堡女王，救不了他那高智商高要求的事业。"

"谁让你救事业去哦？我是指他现在尤其需要爱情的滋润，美人的关怀，好帮助他渡过难关。"朱颜摇头晃脑地说完，还调皮地对她挤挤眼。

"那他随便招招手，学校超过一半的单身女性都愿意滋润他。"

朱颜劝恼了，差点拍桌子："我是真想不明白，你就是喜欢他，他也就是喜欢你，你俩干吗非要弄这么一出虐得人心肝脾肺肾都跟着疼的绝交戏码呢？"

温觉非闻言，挖蛋糕的手顿了顿："他不喜欢我了。他亲口跟我说让我和他保持距离。"

又是这句话！已经被搪塞了无数次的朱颜气得差点说不出话，伸手再次强制地扶住温觉非的肩，劈头盖脸一顿说道："那你呢？你是怎么想的？你告诉他了吗？不管他是不是真的喜欢你，不管他因为什么不愿意给你机会，那都是他的事。你要做的，只是把你的心意说出来就够了，剩下的事情交给他去选择。如果两个人因为你选择沉默而就这样错过了，温觉非，你扪心自问，你甘心吗？"

不甘心。

潜意识里蹦出这样一句答案，温觉非怔住了。从很久以前开始，她就没有主动去向人索要过什么。她不会要求爸爸给她买昂贵的娃娃，不会要求妈妈来到她身边照顾她，不会主动向妈妈要钱，即使妈妈忙起来曾经连续三个月忘记给她打生活费。她表现得像是对任何事物都缺乏热忱，是因为太过于害怕得不到。她一直告诫自己不能贪心，因为人一旦什么都想要，就会什么都得不到。

"觉非，凡事多想想自己，自私一点没有罪的。"朱颜写满心疼的眉眼近在眼前，她是打心眼里为温觉非着想，"我就是希望你能幸福，要是幸福能分享的话该多好？我一定会和你分享我所有的好运和幸福。"

温觉非自然是知道的，抬手宠溺地捏捏朱颜的脸，说："知道了。倒是你一个没谈过几次恋爱的菜鸟，哪儿来这么一副情场浪子的做派啊？"

朱颜吃痛捂脸，撇嘴道："我本身就是情圣好不好？这可是我多年倒追众多男神得手的经验，你能得到这种一手经验赚大发了好不好？"

"那你怎么不根据这一手经验继续追陆子泽去？"

"我追了啊，也差点追到了好不好？是他喝醉了亲我，醒了之后又……"朱颜嘟嘟囔囔地说着，眼神往门口一瞟，一个高瘦翩然的侧影推门而进，看清来人之后，她下意识地爆了一句粗，失声喊道，"白简行！"

刚被朱颜话里的信息量惊住的温觉非再次被这三个字震撼，几乎是立刻反应过来回头，果然看见穿着黑色长风衣的白简行正在和服务员说话，应该是店里没位置了。这可是学校周围最火爆的一间咖啡馆。

朱颜蠢蠢欲动地推推她："快快快，出击。"

"不好吧？万一他有什么正事呢？"

"什么正事带上你这么一个漂亮女伴谈不成啊？而且你又不是间谍，他还能有什么商业机密不能让人知道不成？快去快去。"

温觉非还是没办法突破自己心里那一关，羞得满脸通红，推脱道："下次吧，下次我一定跟他说……"

"下次什么下次！"朱颜站起身，一脸悲愤地谴责温觉非，"近在咫尺你都不去，还指望你下次主动找他去？忽悠谁呢你！"说罢直接抬手朝门口的白简行招手，"白学长！"

伴着店内悠扬的曲调，她听见白简行的脚步声，一步一步像踩在她紧绷的神经元上。脚步声近了，然后戛然而止。温觉非登时感觉头皮发麻，身体像是突然被冻住，僵硬得完全无法动弹。

十一天没见了。

朱颜笑着问白简行道："学长，店里没有位置了，要不你先和我们拼个桌吧？我和温觉非再坐会儿，等院长回来打个招呼就走了。你介意吗？"

当然不介意。他翻遍大脑都不会翻出任何一个拒绝的理由，甚至开始感慨，这个丫头是怎么想出这种理由来的？真是神级助攻手。

朱颜欢快地邀请白简行入座，他正好坐到温觉非对面。美色当前却不敢抬头多看一眼，她拘束得像小学生准备上课一样，眼观鼻，鼻观心，眼珠子都不敢多动一下。心跳渐渐回落，余光瞥见白简行的目光始终落在自己的脸上，她不知道他们就这么坐了多久，但她就是没有开口说话的勇气。直到后来老院长走了回来，他收回目光，起身向院长问好。

温觉非憋了半天的眼睛一下子红了。她拼命地深呼吸，掐自己的手指，想把眼睛里的酸劲儿给憋回去。要是真的哭了出来，先别说白简行，面对老院长都不知道要怎么解释才好。

幸而还有朱颜这样一个心有七窍的好朋友在身边，四个人再次坐定之后，她开口率先打破了桌上有些诡异的气氛。她问白简行："学长最近在忙什么呀？"

白简行从容答道："做课题研究。"

"有关什么的？"

"标准化权益型公募 REITs 发展的先锋项目经典案例和不动产投资者回归证券化分析。"

一大堆专业名词听得朱颜晕头转向，老院长却似乎听懂了，带着微笑点了点头，未予置评。年过半百的老先生向来惜字如金。

聊天再次停滞不前，朱颜生怕在座某个人起身告别，害她这次助攻泡汤，又硬着头皮继续问："啊，对，我听觉非说了，学长最近好像是因为课题的事，和林渊教授有些不大愉快？"

貌似没分寸的一句话，倒是直接把话题引到了命门，还点出温觉非一直对他的关注，倒是一石二鸟。

白简行有些犹豫，坐了许久的老院长终于开口，对白简行说："说来听听，倒也无妨。"

白简行便拣着重点把事情大致说了一遍，原意只是说给温觉非听，也不指望真的能靠谁得到什么帮助。

三人沉默着听完，一直处于高压状态的朱颜率先发表意见："我怎么感觉特别像高端商战片啊？我有点紧张怎么办啊非非？"

温觉非知道事态严重，没心情和她玩笑，敷衍道："作为法学生，你现在应该先把刑法里关于保护知识产权的部分背出来。"

原本以为这样就能堵住朱颜的嘴，不料朱颜居然真的开始念念有词，道："侵犯知识产权罪，是指违反知识产权保护法规，未经知识产权所有人许可，非法利用其知识产权，侵犯国家对知识产权的管理秩序和知识产权所有人的合法权益，违法所得数额较大或者情节严重的行为。具体法条为《中华人民共和国刑法》第二百一十……"

完了，想不起来了，朱颜急得脑门直冒汗，最后一把抱住温觉非，泪目道："姐姐，我刑法才考了 58 分，挂掉了呀！"

真是令人忧伤的结局。场面一度陷入静默之中，老院长安静地听完了之后喝了一口咖啡，神色有些难以形容，好像有话想说但最终没有说出口。他微眯着眼睛，起身拍了拍白简行的肩，玩笑道："居然还有你这么死心眼的孩子。哎呀，我也不是万事明了，年轻人，唯有劝你好好努力了。"说罢便告别众人，独自往出口走去。

温觉非察觉到不对，连忙追上去，拦住刚踏上校道的老院长："老师，您是不是知道什么？"

老院长看着温觉非，半晌，笑道："哎呀，还说英雄难过美人关。我看是你怎么都过不了刚才那个小子那一关！"

温觉非腾地红了脸："老师，您说什么呢，我……"

"你刚才看他的眼神啊，和我老伴儿年轻时看我的眼神，一模一样。"老院长露出追忆的神色，有些混浊的眼睛里喜忧参半，"我和她青梅竹马，虽然只是寻常的布衣夫妻，却也难得相爱相守。她蕙质兰心，贤淑恭孝却缠绵病榻，最后黯然离世，骨肉分离。剩我半生凄惶。"

原来是念起亡妻，触景伤情，才不忍久留。

见温觉非悲伤又难掩的失落神色，老院长有些不忍，深深叹了一口气道："孩子，如果用那小子想要的数据源，换你加入跟我的团队实习去，你乐意吗？"

Qinai De Shaonian , Jiudengle

第九章

我爱上让我奋不顾身的一个人

【1】

圣诞节快到了，有五彩斑斓的彩灯渐渐地在城市的角落亮起，挂满装饰和礼物的圣诞树被放进了橱窗里，空气中开始积蓄起欢乐的过节气氛。温觉非收到了老院长发来的邮件，把附件里的数据拷贝进 U 盘里，看了看时间，猜想白简行应该在公寓里，便套上外套出发了。

好不容易冒着大风走到了公寓楼下，途中还被几对相依偎的情侣强行塞了几口狗粮，温觉非站在楼下望着这栋灯火通明的大厦，却怎么都没有了上去的勇气。

她努力向上望着，但是没法分辨出到底哪盏灯是被她喜欢的人亲手点亮的，但她知道，今晚如果她把想说的话都说了出来，而白简行拒不接受的话，她就只能永远当他人生的旁观者——如同六年前一样。

她真的是一个对感情非常迟钝的人。没见到白简行的这十一天，她依然井然有序地继续着她的生活，上课、吃饭、看书、照顾妈妈，她觉得自己好像没有特别想他，只是偶尔路过那些和他一起走过的路，会觉得有些难过。某一天她坐在图书馆看书，隔壁的姑娘放手机的声音有些大，生生将她从书本中拽回了现实世界里。她习惯性地往窗外看，冰凉的阳光透过玻璃窗照在那位姑娘的手机屏幕上，是一个分享歌词的界面，上面写着：

冬天该很好 你若尚在场

天空多灰我们亦放亮

一起坐坐谈谈来日动向

漠视外间低温这样唱

能同途偶遇在这星球上

燃亮缤纷人生

我多么够运

……

水雾忽然笼住眼睛，悲伤兜头罩下来。一直以来她都是非常擅长忍耐和克制的人，心里柔肠百转偏偏装得冷酷漠然，连最基本的喜怒哀乐都要藏好，生怕表现出来之后给人带来麻烦。但偏偏在白简行面前是例外。她没发现自己竟然信任他到了如此地步。

那一刻她真的觉得自己没有办法再克制下去了，她有那么那么多话想对他讲，想告诉他暖气很暖，今早的豆浆很好喝，手边的推理小说特别好看。哪怕只是无意义的交谈，她都知道他会用属于他的方式回应，而不会像现在这样，她想开口却找不到人述说。

春夏秋冬都很好，如果你在我身边，就好了。

独自在楼下徘徊了很久，温觉非还是没敢上楼去，把 U 盘拜托给一个正在巡逻的保安，请他帮忙拿上去给白简行。

温觉非踩着雪往外走，公寓旁边是个小公园，夜色下空无一人，只有白色的景观灯将落满雪的树影打在路上。

她坐在树下的长椅边上，眼睛又干又疼，便低下头用力揉了揉。拐角处不知何时出现了一个流浪汉模样的男人，摇摇晃晃地从她左手边的小路走来，带着狰狞的笑靠近她："小妹妹，晚上不回家，一个人坐这儿干什么？"

夜色浓重，温觉非看不清男人的模样，只闻到一股浓重的酒味从他身上飘来，她暗觉不妙，立马警觉地站起身。那男人见她要走，忙不迭开口："别走呀，有什么……"

"觉非。"熟悉的男中音从另一边传来，温觉非猛地回头，看到白简行逆着景观灯的光站在那里，高大得仿若天神下凡。他好像来得很匆忙，只裹了一件黑色的羽绒长外套，脚上踩着一双黑色的男士拖鞋，但丝毫削弱不了他身上凌厉如出鞘刀锋的气质。

温觉非愣了，一瞬间鼻腔酸得厉害，眼泪吧嗒就掉了下来。他应该没看见，抬起手再唤她一遍："觉非，来我这里。"

没有浪费任何一秒犹豫的时间，她用生平最大的力气助跑，一头扎进他怀里。

原意是想牵她手的白简行一怔，随即用力抱紧她，叹了一口气："傻瓜，不用怕，我这不是来了吗？嗯？"

怀里的人听后更觉委屈，眼泪流得更凶了，抽噎的声音还时不时响起。白简行的心都快碎了，这是真吓着他家小姑娘了啊。想罢，他狠狠地瞪了一眼醉醺醺的始作俑者，吓得瘦弱如鸡的流浪汉落荒而逃。

花了好大力气才哄好怀里的小姑娘，白简行牵着她到公寓楼下

的奶茶店买了一杯全糖的热奶茶，回到公寓焐热了手，才敢伸过去
细细地给她擦眼泪鼻涕。原本轮廓流畅精致的五官被她哭得又红又
肿，这时候还特别害羞不肯让他看，闷闷地捂住脸说："别看别看，
丑死了。"

他笑着把她捞进怀里，把下巴放到她头顶上，道："刚才怎么
不知道丑？嗯？小哭包？"

她又委屈了，嘴硬道："谁让你非在那时候英雄救美啊？美人
自然都很容易感动的。"

白简行莞尔："那你感动得未免太直接了，只会哭。别人感动
都是以身相许的。"

这就开始调戏人了！

温觉非挣扎着从他怀里抬起头来，仔细地把他端详了一遍：带
点儿胡楂但弧线依然漂亮的下巴、薄而性感的唇、高挺的鼻梁、深
邃如海的眼睛……没错，是白简行。但她还是有些不放心，小心翼
翼地又问了一句："我又在做梦？"

白简行深深地望着她，额头抵着她的额头，反问一句："你说呢？"

他的气息喷在脸上，痒痒的，热得有些灼人。温觉非终于相信

这是真的了，心里想起了正事，推推白简行示意他放手："我有话想跟你说，我先去洗把脸。"

"不用了，我全都知道了。"

"你知道什么？"

"该知道的，我全都知道了——"

是下午见到老院长的时候，温觉非出去追院长，阻止不成的朱颜望着她的背影无语至极："这女的怎么搞的，连自己男人都不要了？"

耳尖的白简行听了个一清二楚，问道："陆子泽在这里？"

朱颜听到"陆子泽"三个字瞬间清醒了，立马起身环视了四周一遍，发现并没有她想见到的身影，又问白简行："陆子泽在哪儿？"

"我没见到。但你说温觉非的男人，不就是陆子泽吗？"

朱颜陷入了震惊之中："怎么可能？我说的她男人是你啊！"

"我？她不是和陆子泽……"

朱颜陷入了巨大的震惊之中："她和陆子泽只是普通朋友！她都没谈过恋爱，长这么大唯一喜欢的人就是你啊！这你都不知道你还怎么追女孩儿啊？你俩都是千年榆木转世的吗？"

"原本是想等明天圣诞节，买了礼物亲自去找你赔罪，才让朱颜帮我保密的。"

难怪吃晚饭的时候朱颜笑得一脸诡异，这么大的事儿都不提前剧透让她有点心理准备，这么多年白疼这小白眼狼了，交友不慎啊交友不慎。

"那 U 盘你拿到了吗？院长说那个集团其实是他们家名下的财产，那个什么数据源，在公司高层内部是公开使用的。院长拷贝了一份，让我拿给你。还说副董事长那边，他会出面去解决。"

"拿到了，一到手就知道是你，鞋都来不及换就追下去了。幸好还算及时。"他像往常那样摸摸她的头，"谢谢你。"

温觉非松了一口气，咕哝道："那我也算将功赎罪了。"

"傻。你有什么罪？"

"当然有啊。"话还没说出口，她又害羞了，把脸埋到他胸膛上，声音闷闷的，但是非常坚定，"我那么喜欢你，应该早点让你知道的。应该让你确信我那么那么喜欢你，而且只喜欢你一个人。"

"是吗？"白简行闻言心情大好，挑眉笑问，"有多喜欢我？"

温觉非呆了一秒，抬手在他的背上写了个字。他身上的家居服很薄，能够清晰感受到她手指划过时的温度，像点了一路的火，害得他心不在焉。直到第三遍，他才勉强认出来："8？"

加一个符号，再画一遍。

"+8？"

温觉非笑起来，脸颊上有淡淡的红，挣开他的怀抱拿起茶几上的书和笔，在书页的空白处写下：+∞。

她的眼睛眯成月牙，小猫一样软软地窝在他怀里，解释说："是正无穷呀。"

白简行呼吸一滞，觉得有什么柔软湿润的东西揉在彼此的呼吸里，渗进了对方的灵魂，使得心里某一株芽穗"啪"的一声开始抽枝散叶。

他望着书上她的字迹，正好写在"四象限法则"这一章的空白页上。

"你还记得'四象限法则'吗，课代表？"

号称"课件人肉摄影机"的温觉非一字不差地把他写在课件上

的内容背了出来："由著名管理学家科维提出的一个时间管理的理论，把工作按照重要和紧急两个不同的程度进行了划分，基本上可以分为四个'象限'：既紧急又重要、重要但不紧急、紧急但不重要、既不紧急也不重要。"

白简行满意地点点头，把脑袋放到温觉非的肩膀上，故意压着嗓子在她耳边说："那我现在，想提醒你一件重要且紧急的事情。"

温觉非感觉耳朵像是被他的气息烧着了，灼热感从身体内部燃烧出来，一点点吞没掉她的理智。

"什、什么事？"

他轻咬她的耳朵，吻密密麻麻地从脸颊爬到鼻梁，偏偏避开她的嘴巴。他停下来，望进她的眼睛，嘴角轻勾起一抹若有似无的坏笑："你是时候给我一个名分了。"

"好啊。唔……"

还没说完，他猛地吻上来，剩下的话被尽数堵回。这个吻激烈而柔软，绵长而甜蜜，带着无边的温柔与虔诚，一如他们走过的时光。

六年。如果时光的尽头有你在等我，如果漫步时光的过程有你陪着我。

那么再长再远，我都不觉得累。

【2】

那晚，白简行送温觉非回学校，走去地下车库的路上看到街边有照相馆的兼职在发传单，一直晕乎乎的温觉非机械地接过，白简行却没动，抬头看向玻璃橱窗里贴着的简约风红底结婚照。

他嘴角含着微笑，温觉非搞不清楚他在想什么，照相馆的兼职却很精明，立马上前来推销："先生，要拍照吗？高质量摄影，现照现取，不用等哦！"

温觉非心道，还没有要到拍影楼照的地步吧？日常照片直接用手机就可以解决了啊。但她显然低估了白简行的仪式感，他毕竟在严谨又不失浪漫的德意志邦联共和国待过六年。

他心血来潮地看了一眼表，说："现在是晚上九点三十七分，我们在一起已经一个小时又十七分钟了。我觉得理应拍个照留念一下。"

温觉非的脑子已经完全中毒宕机了，毕竟也是第一次恋爱，没想过会有这么多讲究。于是，她只得跟着他进去，也没有化妆没有换衣服，直接坐到一面白墙前露出非常官方的微笑，看着镜头和他一起拍了几张。

白简行去选片的时候，她坐在等候区喝水。一晚上摄入太多"糖分"，她有些口干舌燥。白简行很快选好照片，付账之后心满意足地牵着温觉非取车去了。直到坐上车后她看到照片，才理解白简行这么心满意足的原因，这张照片拍得可谓一绝——白色的背景前坐着粉色立领连衣裙的她和黑西装的他，她露出一脸官方的微笑看向镜头，身旁的男人却多动，转过脸来非常深情且宠溺地看着她。

无法找到适当的形容词来描述他那个眼神，期待、深情、包容、温柔，统统熔铸成多面镜被镶嵌进他的眼睛里，像在看着世间最珍贵的宝物。

你看向世界，我偏偏只望向你。

温觉非的心里一片柔软。看着正在开车的他，修长的手搭在方向盘上，正微笑着，眼里波光流转。

温觉非说："我开始期待了，往后和你一起的每一天。"

他笑意更深："那就好好期待着吧。"

【3】

用不了多久便回到了寝室楼下，白简行停下车，叫住正要下车的温觉非，说："我想好文案了。"

温觉非莫名其妙，看着他掏出手机不知在点着什么，一分钟之后把手机递到他眼前——居然发了他有史以来第一条朋友圈。

"喜欢你大概是六年前，你独自一人背着书包敲开我家门的时候。六年换六百年，年年有我。"

配图正是刚才那张在照相馆里拍的照片。动态之下，已经开始不断有人点赞并且评论送上自己的惊愕与祝福。

居然就这么猝不及防地公开了？

她有点后知后觉地摸摸自己的脸，发表出自己的意见，道："我以为……你不会发朋友圈呢。"

白简行看着她呆呆的样子，莞尔："就是为了等这一天，之前才都不发。"

温觉非持续性胡言乱语："会发以后就多发点儿。"反正帅哥自拍养眼。

"行，那你多自拍点儿。"

温觉非甚至怀疑他在她脑子里装了监听器："啊？"

"除了炫耀女朋友之外我什么都不想发。"

"完了，那一定会有好多人想将你除之而后快了。"

白简行哈哈地笑起来，又拿回手机点开微博，在上面发布了一模一样的文案和配图。微博发出的那一刻，温觉非的手机也收到信息提醒，是微博特别关心的更新提示。

她立马红着脸想把手机藏起来，白简行却忽然凑近，低声问："特别关心啊？"

"不是，扣话费的。"

"小骗子。我刚才都看到了。"

"……"

白简行伸手从她的外套口袋里把手机摸出来，摁亮屏幕让她看上面的消息梗概。他的脸就近在眼前，低低地笑了一声，气息全部呼在温觉非的侧脸。他说："好了，这下所有人都知道你是我的小姑娘了。想跑已经跑不掉了。"

温觉非愣了几秒，不合时宜地问道："你不怕吗？"不怕流言蜚语，不怕横生变故，不怕从此往后那些拥簇你的星星全部陨灭不见吗？

"你不知道，"白简行越靠越近，望着她双唇的眼神开始迷离，"这一天我等了多久。"

温觉非感觉心口一热，他的吻已经覆上来。

与他互道晚安之后，温觉非匆匆上楼。这一晚上温觉非都感觉自己像行走在云端一样，直到洗漱完毕、躺在床上时身体都还是热乎乎轻飘飘的。她掏出手机刷刷朋友圈，在一划而过的屏幕里倏地看见白简行的头像，连忙退回去，呆呆地望着屏幕上的字，任由自己的心因为这条朋友圈而陷落进无尽的愉悦和柔软中。

他未免也太会说情话了，这样的宝藏居然藏了二十四年，最后成了她的男朋友。他对他们之间的爱也这么笃定且认真，整个人真诚而赤忱地来到她面前。温觉非有一瞬间的恍惚，觉得自己无论如何应该做点什么回应他才是。

点击朋友圈上的小相机，她毫不犹豫地选择那张保存好的合照。她没有亲戚，妈妈也不看朋友圈，因而和他一样没有屏蔽任何人。文案只写了一句歌词，是晚上她出门去找白简行时，耳机里刚好放着的一首歌。

"我爱上让我奋不顾身的一个人。"

【4】

第二天是周六，温觉非迷迷糊糊之中按掉了闹钟，本想稍微睡个懒觉，再睁眼却已经快要十点了。她从枕头底下摸出不停振动的手机，盯着来电显示上"白简行"三个字缓冲了好久，才一个鲤鱼打挺坐起身，接通了电话。

"早上好。"他的声音一如既往的低沉、清澈。

"……"说不出话。

电话那头有嘈杂的人声，一点点灌进耳朵了，才让她终于有了真实感。他低声唤她："觉非？"

"在呢。"他的呼唤让她觉得自己的心鲜活起来了。

"睡醒了吗？"

"刚醒。"

他笑起来，不知道从什么时候起，当初的冷面校草变得很爱笑了。

"听出来了。我刚忙完，奶奶来了，一起去吃个饭吧。"

温觉非下意识地说好，又愣了两秒之后，难以置信地问："你说谁来了？"

"奶奶来了。"

脑子里"嗡"的一声，从前学画出错，被淑慎奶奶责罚时的恐惧感袭上心头，她茫然地发问："为什么突然来了？"

"说是昨晚看到我的朋友圈睡不着，连夜买飞机票从北欧飞回来，要来见我女朋友。"

"哦……"温觉非心里的不安感刚消下去，点点头，还没醒透的她总归要比平时迟钝一些，她又问，"你女朋友……指的是我？"

白简行失笑："不然还能有谁？快起来吧，我现在在你寝室楼下等着你呢。"

所以她这一次见淑慎奶奶，不是以学生身份，而是以淑慎奶奶独孙的女朋友的身份？

挂了电话之后，温觉非坐在床上，望着手机桌面上的合照发呆，真的有一种自己酩酊大醉之后忽然回到现实里的感觉。这身份的转变和关系的进展实在是太过于神奇了，上次见面还是普通朋友，这次就成了他的恋人，并且……这是他们恋爱的第一天，居然就直接见他奶奶了？

【5】

温觉非收拾好自己之后飞奔到楼下，白简行果然已经等在那里。

和她想象中豪车美男的标配不同，他这次低调了许多，穿了一身黑色的休闲服独自站在树下，低着头安静地看着手机。她还没走近，他就像是有心电感应一样，抬起头准确无误地朝她所在的方向望过来，刹那间光线和温柔填满他本就清隽英俊的面孔。

虽然往后有过很多次只属于他们两个人的约会，各式各样的，但温觉非始终忘不掉这一眼，总觉得这天早晨是最为意义非凡的。因为在那一刻她才惊觉，爱情已经被握在手里，来到了她眼前。无关他人，无关世界，要如何走下去只是他们两个人之间的事。而她又那么坚信，他们一定会一起走下去。

白简行缓缓地朝她走过来，温觉非问："这次怎么没开车？"

"奶奶早就等在隔壁栋的简餐店了，这几步用不着开车。"

淑慎奶奶这是多着急？问题在于明明是她的学生，又不是没见过面，怎么就对她有了这么强的好奇心？

脑子里还在惴惴不安地乱想，白简行就伸手过来牵她，不顾行人们探究的目光往前走去。简餐店不远，穿行在阳光斑驳的道路上时温觉非猛地回过神，扫了一眼和他相握的手，顿时生出一种岁月静好、琴瑟和鸣的老夫老妻之感。

太安心了。和他走在一起，总是生出那种安心到哪怕身后世界崩塌都不想管的感觉。

还没走到简餐店门口，远远就看见淑慎奶奶迎了出来。看着两人相握的手，淑慎奶奶乐成了掩嘴葫芦，呵呵笑个不停。

进店坐下后，淑慎奶奶握住温觉非的手，不住地感叹："我的丫头啊，我的小丫头，终于成了我们家的丫头了！"

温觉非心里暖得一塌糊涂，不知道能说什么好听话来回答，只得陪着奶奶笑。

"你都不知道，这小子惦记你多少年了。以前你还在家里学画，他就爱坐在画室对门的沙发上看书。我寻思那儿也不清净啊？后来才知道在那儿刚巧可以看见你在里头画画的样子，这小子的鬼心思真是够精的。还有那会儿他弹琴，先摸了 CD 在大厅放一遍，看你听到哪首时点头了，他就瞅准了那首练。天天弹，弹到自己都听烦了，终于盼到周末你来了，掐准了点给你弹一遍。这些事儿，你都不知道吧？"

温觉非摇了摇头，脸渐渐蒸成粉色，抬眼看身旁的白简行，虽然是一脸无奈地笑但也红了耳朵。淑慎奶奶低头在包里翻着什么，温觉非笑着凑近跟他耳语，调侃道："真的有这么夸张吗？"

原以为他一定会好面子否认，结果他怔忪了一秒，说话时声音里都带着一点儿不好意思："是真的。"

心上像炸开一颗装满糖浆的粉色炮弹。

"找到了，找到了。"淑慎奶奶终于从包里掏出一个礼盒，正红色的，小小巧巧，像是首饰盒。一打开，里面果然躺着一枚白金戒指，阳光落在上面，反射出一汪流光。款式有些眼熟，温觉非仔细一想，和白简行无名指上那款一模一样。

"奶奶，您是真的给我买了一对婚戒啊？"白简行啼笑皆非地问道。淑慎奶奶嗔他一声，拉过温觉非的手轻轻给她戴上，无名指，竟然刚好合适。

白简行又笑："您到底是画家还是预言家？四年前就知道我女朋友手指的尺寸了？"

淑慎奶奶骄傲地"哼"了一声，笑出皱纹的脸上写满得意："四年前我去德国看你，见你公寓里还挂着我丫头的画，就知道你小子心里就是惦记着她。从小啊，你喜欢的东西，到头来都没有得不到的，就是命好。那我的孙媳妇啊，除了她，没别人当得上了。"

　　白简行听后不置可否地点点头，左手撑着脑袋，嘴角盈满笑意。淑慎奶奶指挥他去前台拿吸管，然后像说悄悄话一样拉过温觉非："丫头啊，奶奶今天看见你们能在一起，这心里头就放下了一件大事了。你们俩都是奶奶的心头肉，小白他虽说比你大，但是一根筋，认死理，要是惹你生气了，你就直接骂他打他，千万别憋在心里。吵架啊也就吵吵就行了，他舍不得对你动真格，你也千万别跟他怄气。千万别说分手什么的，他虽然看起来百毒不侵的，但是这心里脆弱啊，宁愿挨骂挨打都不想失去你的！到时候要是哭哭啼啼地来找奶奶，奶奶这身子骨可没办法陪他失恋喝酒买醉去的！"一番情真意切的话逗得温觉非娇笑不已，更是暖得像透进了心窝子里。

　　淑慎奶奶陪着她笑了一会儿，看了一眼正皱着眉拒绝服务员搭讪的白简行，又说："他啊，虽然成天对人没好脸色，但是是打心底里想对你好的。但往后他要是欺负你了，你找奶奶来，奶奶批评他跟削白菜一样的！要是他有什么做得不对的不好的，你多教教他，两个人之间互相多担待着点儿，奶奶就放心地把你们交给对方了。"

"奶奶，您放心吧。我和他虽然都是第一次谈恋爱，但都是非常认真的，有您这么支持我们，我们一定会好好走下去。谢谢您。"

淑慎奶奶听着，眼里显然有了泪光。从前弱柳扶风的小丫头转眼就这么大了，优雅得体、自信从容，优秀得能够和心爱的人并肩而立，这是多美好的一件事啊。

想罢，她又忽然记起什么一样，说："要是哪天要去见小白父母了，你记得跟奶奶说，奶奶给你支着儿！"

虽说见父母还很远，但白简行的父母在温觉非的认知里，一直都是非常难接近的那一类人，精明、高傲、自视甚高，典型的中式富人形象。

正想着呢，淑慎奶奶突然催促道："快去把小白救回来。"

温觉非这才发觉他又被桃花缠身，连忙起身走过去。但还没过去，他就对那个服务员说了什么，服务员回头看看温觉非，又看看她手上的戒指，撇了撇嘴灰溜溜地走了。温觉非笑着站到他面前："先生，方便留个联系方式吗？"

他挑眉答道："不好意思，我女朋友会很介意。"

"我哪有那么小气？"说完，她施施然转身回去。

"那我去给她了。"

"你敢？"她气得路都不走了。

白简行立刻笑起来，锋利的眉目软了下来，长腿一迈追到她身旁去抱住她，光影铺在他眼睛里，亮晶晶的。

【6】

送走淑慎奶奶，两个人十指相握着走在机场大厅里，看到两只戴在无名指上的婚戒，温觉非感慨道："这进度，闪电侠都自愧不如。"

白简行伸手环住她，低低地笑了一声："之前把战线拉得太长了，我现在力求速战速决。"

这句话倒让温觉非联想起奶奶说见白简行父母的事，不禁有些忐忑。她问白简行："你那条朋友圈有没有屏蔽你父母啊？"

白简行听出她话里的意思，勾起嘴角坏笑道："你比我还猴急？"

"谁急了，我就是……有点紧张……"

"那你要是见到他们了，得紧张成什么样？"

已经知道答案的温觉非不敢相信地看着白简行的表情，他一脸阴谋得逞的样子，低低地笑了一声，给出答案："没屏蔽。"

一想到白简行父母的样子，温觉非顿时感觉心都凉了半截儿。

【7】

圣诞过去之后便迎来了兵荒马乱的复习周，温觉非被专业课满天飞的重点折磨得头昏脑涨，白简行则身陷学期论文和周旋导师之间，同样分身乏术。于是，两个刚确定恋爱关系不到一周的人，开始了一段忙碌到见不上面的日子。

还好，温觉非没觉得有什么不一样的，就是把平时见面要说的话打成字，在微信上发给他而已。这种无意义的交谈甚至慢慢发展成为她和白简行之间沟通的刚需。聊地球气温，聊朋友的外号与说话习惯，聊不知名动物，聊外卖餐具放多了，聊脱发的危害与防治。虽然通常只是短短几句，却能让彼此都能感受到各自的存在，那么日子哪怕是再匆忙，都不会觉得被疏远，反而好像转身就能看到对方一样。

这样连元旦跨年都只打了个视频电话的忙碌冷淡，好像和常规的热恋期情侣大相径庭。朱颜看着一直自顾自忙活的温觉非，茫然地问："你难道不是脱单了吗？为什么还天天跟我黏在一起？"

温觉非白她一眼，继续吃饭："谈恋爱又不是变成连体婴。"

"不变成连体婴你谈什么恋爱？"

温觉非被她这句话里的逻辑思维折服，不知道怎么回答，也懒得解释。吃完饭之后，朱颜蔫蔫地回寝室说要睡午觉了，温觉非便独自走去图书馆准备继续看书，半路上遇到迎面走来的陆子泽。

自从她和白简行公开之后，陆子泽就再也没有和她见过面。虽然医院的事仍然很受他关照，但从言行上显然已经和她保持距离了，他说到底是个聪明人。温觉非自觉没什么好躲的，大大方方地和他打招呼，他淡淡地微笑着，说："恭喜。"

又不是结婚，怎么用得到这个词？温觉非有点无奈，但也只能道谢。他又说："不管怎么样，我们还是朋友。有什么事情需要帮忙的，大可来找我。"

温觉非的笑容挂不住了："你这话说得好像我们有过什么，很奇怪的关系似的。"

陆子泽沉默了，半晌之后看着她，说："那个吻，你把它看得很轻，我却把它看得很重。"

　　温觉非讶异地往后退了一步："什么吻？"

　　陆子泽露出难以置信的表情："你忘记了？就是上学期期中的那次聚餐，是为了谢谢朱颜帮忙找房子才攒的局，那次……"

　　那次，朱颜、陆子泽和三个师兄两个师姐一起，在饭店喝得酩酊大醉。温觉非推门而进的时候，陆子泽已经神志不清了，只看得到她白得像羊脂玉的脸，小巧精致，整个人迈着小碎步跑到他眼前，拦下正灌着酒的朱颜。身旁的同学倒在他身上，他晕乎乎地扶好同学之后，再回头，朱颜不知道去了哪里，只剩下温觉非站在原本朱颜的位置，正大声劝酒。不知道是不是她们俩在一起待久了的缘故，他此刻看着温觉非，总有种朱颜的做派，连声音都一模一样。

　　管不了了，头好晕。在意识完全消失之前，他必须撤退回家，否则不知道会折腾出什么乱子来，于是摆手跟大家说散伙，在众人失望的声音中走向门口，无力地在整个人要瘫下去之前被人扶起来，扭头一看，是温觉非。

　　她扶着他下楼去打车，但女孩子毕竟力气小些，把他塞进出租车后就已经累得说不出话了。他正以怪异的姿势环抱着站在车外的她，两个人靠得很近。望着她的侧脸，他身体里像有把火蓦地就烧了起来。他身体不受控地再靠向她，她显然意识到了什么，整个人一僵，却没有躲，他顺利地吻了过去。

出租车的门"嘭"地一响，他终于回过神来，没来得及看一眼窗外，整个人傻在车里。

第二天，他在自己的房间里再清醒过来，想起昨晚自己的所作所为，惊愕得不知所措。他生在传统的家庭里，从小家教非常严格，所以不论追求者有多少，他都不曾轻易地说出要和对方在一起的话。因为爱情对他而言，不仅是一段关系，更是一份重大的责任。

那么事已至此，面对温觉非，他就一定会负起这个责任。

【8】

朱颜被温觉非轰起来时，正在梦里吃她心心念念了好久的波士顿大龙虾，被温觉非一顿掐给掐没了，气得连话都说不出来。

温觉非站在床边，问她："上学期期中的那次聚餐，是不是你送陆子泽去坐出租车的？"

朱颜把被子蒙过头顶，闷闷地"嗯"了一声。

"他是不是亲了你？"

"嗯……"

"完了，我说出来你不要杀了我。"

朱颜嗅到了八卦的味道，一骨碌坐起身："什么？"

"他搞错了，一直以为亲的人是我。"

朱颜难以置信地睁圆了眼睛，足足缓冲了将近一分钟，才说出一句："他是不是脑子有什么问题？"

典型的粉转黑案例。

温觉非叹了口气，说："我跟他解释过了，他现在已经知道自己搞错了。你如果有什么想和他说的，就要尽快……"

"没什么可说的，这都能搞混，害我伤心了这么久。渣男，我恨死他了！"朱颜再次躺回去，相当郁闷地盖住了被子。

温觉非沉默了一阵，才非常难过地开口说："对不起。"

朱颜吓得马上坐起身哄她，生怕她哭了："这怎么怪你？你是我叫过去的，认错也是因为陆子泽只长脑子不长心眼，怎么怪你？要不是没这一出，你还不至于被人造谣劈腿，搞得白简行还误会你有男朋友，还和你冷战了那么长时间……说到底，都怪陆子泽！"

"可是他也很难过。一出闹剧，没有人想过会是这样。你有什么想和他说的吗？他说他下周就飞英国了，他要去利物浦读研。"

一直刻意回避陆子泽消息的朱颜有些诧异，坐在床上怔怔了半晌，最后轻叹一声："算了，没什么可说的了。错过了就是错过了，这个时候贸然跑过去，只会尴尬吧。"说完伸了个懒腰，整个人倒在床上瘫成"大"字形。

温觉非呆呆地看着她，她看着天花板，又像忽然想到了什么一样握住温觉非的手："你答应我，一定要幸福。"

温觉非说："你别一副偶像剧男主角告别女主角，打算孤身赴死的样子。"

"不管，答应我。"

"好，答应你。"

"那就行。"朱颜笑出来，"那我暂时不幸福也没什么大不了。"

Qinai De Shaonian , Jiudengle

第十章

没什么好怕的，我会一直陪着你

【1】

期末复习转眼进入到了最后阶段，温觉非有两门重要的专业课被安排在同一天考试，老师画下的重点也都繁冗而分散，复习起来倍觉头疼。眼看后天就要考试了，整理完一次重点之后，她感觉心里没底，决意投身到图书馆的通宵复习大军里去。晚饭之后，她告诉白简行，收到他一则回复：忙完之后我去陪你。

她也没多想，翻开书开始认真复习了。

京大的图书馆是最早的现代新型图书馆之一，历史悠久、占地面积巨大，楼层和图书分馆也很多。温觉非为求安静找了一张单独摆放在众多书架背后的阅览桌，六人用的桌子在十点之后只剩下她一个人。

一个人影不知何时出现在她右手边，轻拉开椅子时她才抬头，看到背着书包的白简行。他很少有这样的装束，黑色羽绒服配白色高领羊绒衫，深色牛仔裤搭一双 Timberland 经典款男靴，扑面而来的少年感，又带着一股兼顾沉稳的魅力，嫩得让一众本科生都要羞愧不已。他轻轻把书包里的笔记本电脑和书都拿出来放到桌上，坐下时随手拿过她手里的书一看，压着声音笑道："这才刚开始？那通宵也不一定看得完了。"

温觉非一把拿回来："可别小看我。"

白简行笑着摸摸她的脑袋，像在逗自己喜欢的猫："那就好好看。"

温觉非点点头，假意低头开始复习，但余光全在白简行那里，看着他打开笔记本电脑、点开文档，然后根据索引翻开手边那本全英文的期刊，神情专注地看起来。温觉非想，这真是个根正苗红坐怀不乱的好青年，自己这样轻而易举地被美色迷倒，似乎显得意志力过于薄弱。想罢收回目光，也踏踏实实看起教材来。一边翻看一边背诵知识点，她不知道时间过去了多久，只记得当右手按住的书页几乎过半的时候，白简行突然传过来他的手札本，上面是一行隽永飘逸的行书：看累了吗？

她回：还好。

他再回：看累了的话，可以顺便看看我。

温觉非莞尔，抬眼去看他，见他正撑着脑袋注视着自己，目光相对的时候他用唇语说：我累了好久了。

所以看你也看了很久了。

笑意怎么忍都忍不住，温觉非就干脆大大方方学着他撑起脑袋，两个人像傻子一样对看了好长时间。最后是温觉非败下阵来，她在手札上写道：美色误国。

他回：美色当前，忠义让步。

温觉非纠正道：我说的美色是指你。

他突然幼稚地学起她来，连笔迹都有几分模仿的痕迹：我说的美色是指你。

无奈，她只得搭回上一遭的话茬，写道：忠义让步，但是学期论文和期末考试不让。

一招致命，白简行看后笑得无奈，合上本子又认真看起论文来。温觉非也翻了几页教材，突然觉得喉咙有些干，轻咳时注意到白简行关切的目光，忙解释道："有点渴。"

他问："带水杯了吗？"

温觉非摇摇头,他起身拿起外套,俯身在她耳边用气息说了一句:"我去给你买水。"

她正要说不用麻烦,耳朵却感觉有温温软软的东西贴了上来,是他走前落下的一个吻。她心口莫名发热,费了好大力气都没能再次集中精神,一直心不在焉地在纸上乱涂乱画着,直到白简行拿着一个崭新的保温杯出现。

他气喘吁吁地坐下,拧开瓶盖把热水倒进盖子里,再凑过来小声说:"刚买的,女孩子还是多喝热水好。"

温觉非接过那只装满热水的瓶盖,指尖感受到的灼热温度一路随着神经传达到心脏里,柔柔的、软软的,像整个人泡在冒着甜气的温水里。随后整个晚上,他都时刻紧盯着让她喝水,水温一降下来就去一楼换新水,俨然一副老管家做派。

天蒙蒙亮时,温觉非睡着了,醒来发觉自己身上盖着他那件黑色羽绒服,摸起来滑滑软软的,带着白简行身上特有的淡淡香味。

他不知道去哪儿了,温觉非看了一眼时间,准备收东西去医院,今天早上有专家会诊,会决定妈妈的手术日期,她必须过去候着。刚收拾好就看见白简行回来了,手里还拿着两罐热咖啡,正一边低头刷手机一边走回来，看样子是到外面去打电话处理了一下公事。见温觉非已经把东西收拾好了，他也没有多问，只顺手抄起自己的笔记本和书，说："我送你。"

出了图书馆，看到他摸出车钥匙准备去取车，温觉非才说："我要去京大第一附属医院，你熬了一晚上还开车，很容易疲劳驾驶。要不我就自己去吧。"

白简行只抓住了"去医院"这一个重点，眉头微皱，问她："你身体不舒服？"

她摇摇头："不是我。"深吸一口气努力平复语气，终于心平气和地说出一句，"是妈妈生病了。"

白简行站在原地，脑海里的疑问和想法千回百转，她什么时候回到她妈妈身边去生活了？她妈妈怎么生病了？什么病？严不严重？她一个小姑娘要面对最亲近的家人病倒的事，这些日子要怎么熬得过来？拒绝他送她，是因为……她还不希望自己去见她妈妈？

但都没有问出口。他毕竟是个成年人了，懂得在什么场合下最重要的是处理什么问题，相比起弄清楚这些疑问，眼下更重要的是照顾她的情绪。他最后只能不动声色地说出一句："那我就送到医院门口，不进去见阿姨就好。"

温觉非无奈地轻笑，解释道："我不是说不能让你见我妈妈的意思，是我觉得你现在可能很累，也许需要休息。"

"如果我说不累呢？"

温觉非见他很坚持，便退一步，为了安抚他而让语气更加笃定，说："那就一起去。"

【2】

医院毕竟也不远，两个人一起走在清晨的街道上，同行的除了彼此就只剩几个行色匆匆的上班族，一切安静得出奇。两个人各怀心事地走着，温觉非望着眼前一排长长的秃树发呆，在思绪都不知道飘到哪里去了的时候，突然感觉同样双手揣着兜的白简行停下来望了自己的手臂几眼。没有细想什么，他忽然在一家早餐店前停下，买了一杯热乎乎的八宝粥给她，说："吃点东西。"

她伸出右手接过，白简行又微微皱眉，抽出吸管再次递给她。她虽然纳闷为什么他不直接帮自己戳进去，但还是配合着把右手从兜里拿出来，接过吸管戳进封口里。白简行见状露出满意的微笑，装作无意地牵过她还没放回口袋的右手，塞进他的外套口袋里，往前走时还颇有不满地抱怨，幽幽道："牵个手可真是不容易。"

温觉非吸了一口八宝粥，借着咬米粒的动作偷笑。两人继续往前走，有阳光钻过树枝透泻下来，明晃晃的一片，虽然没能改变气温，但好歹能让人心里感觉到回温。温觉非被白简行握着放在外套兜里的手已经热得微微出汗，但他还是丝毫没有要松开的意思，像是生怕她下一秒就会消失不见。

心头温暖，她也轻轻回握，藏在心里的话也终于有了说出来的勇气："你之前跟我说，觉得我比以前柔和了很多，觉得我肯定是遇到了温柔的人，这句话其实说得很对。我以前会那么怨，是因为觉得命运不公，觉得妈妈抛弃了我，我后来变得温柔……也是因为我妈妈。"

她是一个辛苦长大的小孩。很小的时候父母离异，她的抚养权被判给了爸爸。

出身优越的温妈妈在拿到离婚证之后马上搬离那个城市，回到她原本生活的优越圈子里，消失得像从来没有出现过。后来，温爸爸突发性脑溢血去世，留下她一个人在那个那么大的城市里生活，邻居见她可怜才愿意帮忙联系上温妈妈，温妈妈却也只是赶来见了一面，并没有把她带走。从那以后，她一直都寄宿在学校，寒暑假偶尔会被接到外公外婆家小住，但温妈妈始终是非常遥远的存在，都只是远远地给予一点关注，从来没有提出过要接女儿去身边生活。再后来，她高考拿下全市状元考进京大王牌的建筑学院，才终于在高三结束的那个暑假搬离了那栋她一个人住了将近十年的房子，来到了温妈妈身边。

那之后她才知道，她的妈妈是这样的人，鲜活、生动、温柔，坚强而美丽。一个人在大城市里打拼，在国际知名的企业里身居要职，精明能干得完全配得上"女强人"三个字，难怪当初妈妈会选择离开老干部一样的爸爸，这两个人无论怎么磨合都很难一起生活吧。当然，她妈妈不是一个完美的妈妈，她追问过妈妈让自己一个人住校生活的原因，得到的答案是妈妈觉得自己没办法在忙碌工作之余照顾一个孩子的起居，尽管这个孩子的生活技能已经比她还高。她和妈妈一起住了一段时间，发现妈妈确实不是一个会照顾人的人，甚至经常忙碌到自己都忘记吃饭，却会记得她随口说过的想吃生煎汤包。

但是，好景总是不长。

说着说着，温觉非感觉眼眶有些热，声音也渐渐弱下去。刚巧要等红灯，白简行轻轻将她揽进怀里，像安慰小朋友一样轻抚她的背，但仍然一句话都没有说。温觉非知道自己非说不可，这些事情她当作见不得光一样的秘密隐藏了太久太久，久到它们已经在她心里发了霉，令她的伤口也久久不能愈合。

她把脸贴在白简行胸前，最靠近心脏的地方。

"上大学之后我一直在照顾妈妈，你的第一节课我没去，也是因为要陪妈妈血检。其实妈妈去年动过手术，但又复发了。医生说是低分化腺癌，肿瘤高度恶性，化疗副作用也很大。即便是手术，也只能切除看得见的实体瘤，不能切除看不见的转移病灶，连术后辅助治疗的效果也很难预料……"

白简行听后剑眉一皱，清楚地感受到怀里的人儿正在微微发抖，连忙更加用力地抱紧她，低声安慰道："不用怕，不用怕。现在只是初步预料，会有些坎坷是肯定的，毕竟不是小病小痛。但只要坚持治疗，一定有希望康复。"

话刚说完，就听到温觉非啜泣的声音，他以为是自己说错话了，暗暗懊悔不该说得这么像冷酷医生在说官方话抚慰病患家属，又开口解释说："我的意思是，万事有我在……没什么好怕的，我会一直陪着你。"

糟糕，这么一说像是生病的是她一样，从前学的演讲技巧和社交礼仪规范，怎么在这个时刻都派不上用场？正着急呢，脑袋怎么运转都组织不出一句好听的话，温觉非却突然说了一句："谢谢。"

她哭是因为害怕，更是因为得到了这么温柔的回应和安抚。这是妈妈生病近两年来她第一次这样被人捧在心尖上去安慰。"没什么好怕的，我会一直陪着你"，在知道妈妈的病情愈加恶化的那段日子里，她多希望有谁能对她说这句话，可那时候身边没有任何人，外公外婆都已过古稀之年，告诉他们实情只会让原本就支离破碎的家更加不堪一击。于是，她苦苦地瞒着，谁都不能说，也谁都不敢说，哪怕是在最好的朋友面前也只得故作轻松，她不想把自己承担的痛苦分给别人，生怕痛苦会变成两份。她只能靠自己来活。

而这是第一次，她有这样强烈的安全感，让她可以毫无保留地对眼前人和盘托出，袒露她那些独自舔舐了好久都无法治愈的伤痕。

白简行究竟有什么魔力？

"傻瓜。"白简行叹了一口气，疼惜地摸摸她的黑发，"我小时候也不开心。我父亲脾气特别执拗，在家里永远都是说一不二的性格，常常和我母亲产生分歧，两个人就会不分昼夜地吵架。长大一点我受不了了，就搬到奶奶那里去住，但是我父亲没打算放过我。除了原本就在学的钢琴、奥数、围棋，他还不死心地给我报了一大摞的金融相关的补习班，非要让我进入相关的领域好继承他的事业。虽然最后我误打误撞还是成了管理学学生，但我并不打算回去继承他的公司，我只喜欢我亲手赢来的一切。"

温觉非的情绪已经渐渐平复，她把眼泪都恶趣味地蹭在白简行的外套上，还吐槽说："你果然就是不努力就要回家继承千万财产那一列的。"

白简行闷闷地笑，站稳了任由她往自己的衣服上乱蹭："不是这个意思。我的意思是其实大家都是一样的，没有什么完美的童年，也没有轻松长大的小孩。"

"当然，我早就不想这些了。我只希望自己不要因为没有得到某一段时光的幸福，而让自己一直耿耿于怀，从十八岁生日开始我就劝自己少和这世界计较一些。我不想再因为童年的不快乐而去责怪亲人、责怪自己或者责怪整个世界。"

温觉非从他怀里抬起头，一双杏眼里还含着一点水光，盈盈的，像是能直直望到他心里去。她说："我只想要赶快变得强大，能够学着去爱就好了。学着其他快乐的小孩那样，不那么苦、不那么难地去爱别人；学着让自己、让自己的爱变得不那么难懂，不要让在乎我的人因为我的爱而要承受更多繁重的附加条件。我想努力这样做，就好了。"

他捏捏她的鼻子："你有什么难懂的，就一个无厘头的单纯小姑娘。"

"你怎么老把我当小孩。"

"不然呢？"

"我都二十多岁了。"

他突然笑了笑，俯身下来吻她的额头，他说："多少岁你都是我家的小姑娘。"

温觉非微笑，躲开他伸过来掐脸的手，再次把脸埋进他怀里。她是慢热的人，不习惯向别人表露心情，不习惯让别人知道自己的伤口，看到自己曾是怎样为从前的不快乐而挣扎哭泣，看到自己曾

是怎样努力想治愈这一切。可是现在，她一直为之惴惴不安的脆弱
全部展露在他面前，他看见后不仅没有像别人一样视而不见、听而
不闻，反而珍惜地用双手接住，不仅听懂了她的喃喃自语和弦外之音，
还用自己的方式这样不遗余力地温暖她。

温觉非想，就算命运曾经对她有所亏欠，现在也已经用更加美
好的方式补偿回来了，他的出现从好多年前开始，就是她收到过的
最好的礼物。无论日后再如何辛苦艰难，她都不会再是从前那个什
么都藏在心里的鸵鸟了。因为知道自己会被回应、被偏爱，所以才
会安心地、肆无忌惮地表达，他和他的爱都会成为她生命里长存的光。

【3】

到了医院门口温觉非才想起来忘了帮白简行给妈妈买礼物，拉
着他到对面的水果店买了一个小果篮。

站在病房外时，白简行突然有些犹豫，温觉非看着他紧皱的眉，
忍不住细声安慰："我妈妈肯定会很喜欢你的。"

"可是我穿成这样，礼物好像也有点太随意了。"他越说越有
些难以自控，"要么我回去换一身正装？"

温觉非忍俊不禁："你是不是做什么都得穿西装？"

"也不是。这毕竟是正式场合，穿得隆重些能显示出我的尊重。"

温觉非顺着话茬换了个策略，开始夸他："你这样也很好看。"

白简行闻言一挑眉："真的？"

"真的，显年轻，根本看不出来比我大。"

"我喜欢比你大。"

"啊？"

"成熟稳重了才能照顾好你，阿姨肯定也是这么想的。我……"

再扯下去还不知道会弄出什么幺蛾子，但就差这临门一脚了，怎么想都不能让他跑了。温觉非踮起脚拍拍眼前反差萌极大的男朋友的肩，然后出其不意地一把推开病房门，带着满满笑意的声音细细地响在病房里："妈妈，我和男朋友来看你了。"

这时的温妈妈正坐在床上吃水果，听到声音后和一旁的护工阿姨齐齐愣在了原地，呆呆地看着温觉非拉进来一个穿着黑色外套的高瘦身影，再仔细一看，是一张英俊得有些过分的脸。眉宇间英气昂扬，又透着一股稳重和斯文，一看就是读书人。

"阿姨您好，初次见面。"他微笑着走近，温妈妈及时伸手过去和他相握，"我叫白简行，是觉非的男朋友。"

虽然只是寥寥数语，但说话的语气间显示出他极高的教养，那是伪装不出来的，一双手也修长白嫩，应该是出自世代书香之家的孩子。短短几秒内温妈妈便将人摸了个透，笑呵呵地看着温觉非和他站到一起，真真是一对璧人。于是，她第一句话便是："什么时候结婚？"

温觉非惊得笑容都凝固了，白简行却镇定自若地接过这一招："等觉非完成学业，工作也稳定之后就可以考虑了。我目前还在读博士，但早前在国外创业积累了一些资金，用来举办婚礼，给觉非一个家是完全没问题的。"

温觉非愣了，她从来没想过结婚这个问题，但他的回答像是真的很认真思考过一样。

温妈妈听后笑得眼睛微眯，似乎对这个从天而降的未来女婿很是满意："你读什么专业？"

"本科硕士博士主修都是管理学，本科辅修了经济学，硕士辅修了数学。"

温妈妈眼里的惊喜更加一层，但还是维持住了仪态，夸赞道："真棒。我当年本科的专业是人力资源管理，也算沾点儿边。"

然后话题就进入了人力资源管理和管理学之间的讨论，还只会画建筑测图的温觉非完全插不上话，只得默默站到护工阿姨身旁，心说：他什么时候变得这么健谈了？以前那个冷面疏离的白博士被谁调包走了？

病房里热络的聊天气氛直到管床医生来敲门才被打断，温觉非起身跟过去，白简行望着她，碍于温妈妈的面子并没有起身。病情信息毕竟是个人隐私，他不好贸然窥探。

房门关上，温妈妈的笑容也暗淡了几分。她又仔仔细细地端详了一遍白简行，想起一个重要信息，问："你姓白？"

"是的。"

"你是淑慎老师的谁？"

"淑慎老师是我奶奶。当年觉非在奶奶家学画的时候，我就住在那里，但是因为性格腼腆没有和觉非熟悉起来。"

温妈妈了然道："也是缘分。你还这么年轻，就愿意和非非一起来看我这种半个身子进了鬼门关的人，可见也很孝顺。"

"阿姨，这才刚会诊，手术都还没做，您肯定还有很大康复的希望。"

温妈妈苦笑一声，微微垂下头，长出细纹的脸仍然很美，和温觉非有七分的神似。她说："谢谢你。这一段时间我能明显感觉到非非变得开朗了，想来是你的缘故。我很少看到非非有这种眼神，看向你的时候，眼睛里有那么好看的光。但是阿姨希望你清楚，非非和你不一样，我们家也不是什么富贵之家，更别说还有我这样的废人拖着了。你们之间的差距，很可能会害了你们。"

"阿姨，我不觉得我和非非之间有什么差距，反而觉得比其他人都要契合。未发生的事情自然有很多未知变数，但即便如此，我和觉非都想冲着那个最好的结果试一试。"

他说话时眼神笃定，语气和缓却不容置疑，简直不像个才二十四岁的年轻男孩儿。温妈妈有些恍神，大概是想起自己的经历吧，心中顿时五味杂陈。这种坚定和信任，根本不是一时心血来潮或者玩玩恋爱游戏就能锻造出来的，甚至比她那段只有短短几年的婚姻都要来得深刻。

白简行静静地望着温妈妈，他知道她担心什么，也已经力所能及地给出了最好的答案。在隔壁值班室和管床医生聊完的温觉非还不知道发生了什么事，她轻轻推门进来的时候，只看到白简行坐在妈妈床边的凳子上，背影挺拔。而她妈妈则细着嗓音说道："两个人即便是年轻，能互相依靠、共同进步也是好事，希望你们到最后都别辜负这段时光就好。至于其他的，我也没什么发言权，但无论如何，阿姨愿意祝福你们。"

她鼻子一酸，忙不迭又躲到门外去，眼泪立马就掉了出来。

房里响起白简行的脚步声，他拉开门后看见温觉非轻抖的肩膀，便从后面抱住她，把下巴靠在她头顶上："傻瓜，不用怕了。从今往后，都有我和你一起承担。"

所以，他才陪着她来见她妈妈，还像个毛头小子一样紧张得不行，毫无准备地就做了一件普通情侣要相恋好久之后才会做的事情。他这样做都只是为了给她一份信心，让她可以放心地依赖他而已。

温觉非躲在他怀里偷偷揩眼泪，他感受到她的动作，故意捏捏她的脸颊，笑了一声："还说不是小姑娘？"

温觉非挣扎了一下："还不都怪你？"

他做投降状："怪我，我负责。"

【4】

回到寝室之后，温觉非和朱颜在微信上聊天，被朱颜缠着大概讲述了一下今日份的恋爱小甜事之后，她自我评价道："我感觉我捡到宝了。"

朱颜秒回："现在才知道？鉴宝能力有待提高。"

"早知道他是国宝级的，现在才发觉原来是世界非物质文化遗产级的。"

朱颜连续发来几个哈哈大笑的表情，温觉非想起正事来，问道："卖房子的事情怎么样了？"

"还是老样子。"

温家老房子的出售并不顺利，大概是因为地段不算好，而要求的全款出售又太难在短时间内找到合适的买家。存款因为换新药一点点见底，但好在妈妈的身体情况真的一点点在好转。主治医生在会诊后提出了手术建议，最快可以安排在一周之后。

盼了这么久的消息此刻就响在耳边，她才真实体会到了什么叫喜忧参半。第二天考完试之后去病房，妈妈难得精神好，正躺在床上看报纸。她轻轻走到旁边坐下，妈妈伸出还在输液的手握住她，问：

"怎么了，愁眉苦脸的。"

总是这样，不管她自以为伪装得多好，妈妈总是能一眼看穿。温觉非用力翘起嘴角，回答道："哪有愁，我在想事情呢。"

妈妈跟着温觉非微笑起来，有些苍白的脸上浮现出细细的皱纹。她平静地说："非非，带妈妈回家吧，妈妈不想治了。"

"你胡说什么？"

"非非，你的路还很长，以后读书、工作、成家，这些都还需要用很多钱。妈妈不希望你以低姿态加入另一个家庭，你不要因为妈妈耗光了你以后走下去的资本，这样不值得。"

温觉非没想到妈妈会这么想，心里密密麻麻地疼起来，却又不知道要怎么表达，只得强装出一副冷漠的样子抽回手，说："你没必要乱想。值不值得，我自己说了才算。"

"妈妈之前那么对不起你，你怎么还要为了妈妈这样？"

"爸爸走之后你也可以不管我的，那你怎么又为了我这样？"

"傻瓜。"温妈妈眼里有了泪，声音也微微颤抖，"因为你是我的孩子啊。"

"那我的答案，也是一样的道理。"

Qinai De Shaonian , Jiudengle

第十一章
你只需要去想开心和

美好的事物就够了

【1】

温妈妈的手术在一周之后如期进行，温觉非全程陪同，白简行则因为导师调动临时出差去了。

京大在寒假进入了短期的整修阶段，明令无特殊理由者假期不得在公寓留宿。无奈，温觉非只得从寝室搬了出来，房子还没卖，存款已经不多了，便舍不得住宾馆，只得去医院的陪同床挤着，好在也能方便照顾妈妈。

妈妈手术过后，身上还留了很多管子，刀口也总是锥心地疼，晚上睡觉翻身不方便，就常需要温觉非帮忙。温觉非本来精神压力就大，再加上睡不好没食欲，整个人迅速地消瘦下来。

白简行回来之后在机场见到瘦了一整圈的温觉非，心疼得直皱眉，但又舍不得责怪她，只能通过带她去吃好吃的来补偿。

可面对整桌的美食佳肴，温觉非依然提不起精神来，蔫蔫地坐在椅子上，像是下一秒就能睡着。白简行伸手把她捞进怀里，低声问："怎么回事？"

她在他怀里咕哝："太困了。"

"晚上没睡好？"

"要照顾妈妈。"

"不是请了护工吗？"

"房子还没卖，没钱付工资，就辞了。"

白简行心里一沉，问："你要卖房子？"

温觉非点点头，抬手揉揉眼睛，说："爸爸留给我的那套，留着也是闲置，加上这边真的需要钱。"

他听后剑眉紧皱，环着她的双臂收得更紧了。温觉非感受到他的担忧和心疼，笑了一声想安慰他，说："没事的，也不是很累……"

话还没说完，被他猛地打断："不要什么事情都一个人扛着。"

那一刻温觉非感觉，就像是长期根植在黑暗森林里的虚伪和逞强，突然被他找寻到，灌进来无数的灿烂阳光和新鲜空气，点亮了她的宇宙。

他的声音低沉却充满力量，他说："选择说出来难过或者痛苦绝对不是自私的做法，选择一个人面对所有事也肯定不是解决问题的最佳方案。以后辛苦的事情都由我来承担，你只需要去想开心和美好的事物就够了。能答应我吗？"

眼眶有点发热，但她没有忘记点头。他轻轻在她发间落下一个吻，她却像忽然猜到白简行在想什么似的，坐起身正色道："但是你不许说要给我钱之类的话，也不许买我的房子，我可不吃你的软饭。"

白简行怔了一秒，哭笑不得地问："在你眼里我这么有钱？"

"按照偶像剧的套路是这样。"

"偶像剧看太多，人就会变傻。"

温觉非难得吃瘪，其实她也不是经常看偶像剧，就是小时候会陪着朱颜一块儿看看，上大学之后和朱颜不同寝室，就很少接触这类剧了。抬眼看到白简行似弯非弯的嘴角，她的脸突然就红了，低着头不肯说话。

他说："看偶像剧我确实不管，但你没地方住我就要管了。"

温觉非说："医院有给病人家属睡的床。"

"那个地方我不放心。"

"那里是医院，又不是天桥底下。"

他的脸色越来越正经："男医生、男护士、男病患，你睡着的时候又什么都不知道，哪里安全？"

温觉非一时哑口无言，总觉得他这样说怪怪的，但又说不上来哪里有问题。接下来的三十分钟，他全方位多角度地给温觉非剖析了她一个女孩子长期在医院陪床这件事的不可行性，最后在温觉非一句"所以你的意思是"的盘问下，他给出了答案："来和我一起住。"

温觉非深呼吸一口气平稳住心态，低头看着自己的手掌，说："如果不是因为你是我男朋友，它早就印在了你脸上。"

白简行一脸无辜："我说错了什么吗？"

事实是并没有。他晓之以情动之以理，一切的说法都显得那么合理且迫不及待，但唯一的阻碍就在于温觉非——过不去心里那一关，简言之就是害羞了。此刻的她愣在座位上，乱七八糟的想法全部涌上来，将她的思绪糊得死死的，一张脸也蒸得通红。可是眼前的白简行却非常坦荡，好像过去住就真的只是过去住一样，没有往任何不应该的地方想过。

温觉非有些迟疑地发问："你……不会乱来吧？"

他才知道原来她在想这些，一脸似笑非笑地凑近："你想我乱来，还是想我不乱来？"

"不许调戏我！"

他忍住笑："我说真的。"

"那当然是不要乱来。"

"那就不乱来。"他说得正经，手却悄悄环住她的腰，眼睛里有笑意，微微偏头使得两个人的呼吸刚好纠缠在一起，柔声道，"但是现在例外。"唇瓣带来的滚烫温度使得包厢内的暖气更上一层，温觉非感觉自己的心一瞬间就达到了沸点，再加上刚才被他忽悠地死机的大脑，这个吻结束之后她几乎已经丧失了思考能力。

白简行还贼心不死，笑了一声，在距离她不到二十厘米的地方静静注视着她，漆黑的眼睛里波光流转："来吗？"

已经被蛊惑的温觉非只能假装自己很镇定："住就住。谁怕谁？"

【2】

但这说到底不是一件非常隆重的事情，只不过是温觉非能在妈妈的刀口结痂后，在晚上有了安身之所，不至于再在医院那张巴掌大的小床上翻来覆去睡不着。白天依旧要守在医院，而白简行因为个人申报的课题获批了，整个寒假都要贡献给项目，更是甚少在家。虽然说第一个晚上和他一起躺在一张床上，免不了地心如擂鼓呼吸过度，但身旁的他却只是轻吻了一下她的额头，道了一声晚安便沉沉入睡了。

温觉非这才意识到自己有多小人之心度君子之腹，有些害羞地捂过脸，身体往被子里缩了缩。不料他还没有彻底睡着，感受到她在动之后很自觉地又往后退了退，誓要与她分河而治一般，沉着声音嘟囔道："别动，要不想发生点什么意外事故的话，就乖乖躺好睡觉。"

温觉非立马往外挪出去几分，床不算大，她快要挪到边缘的时候，一直没睁眼的白简行像是感应到一般，猛地伸手把她往回捞了一下，手环在她腰上，只隔着一层薄薄的睡衣就摸到了她最下面的一根肋骨。

温觉非惊得屏住了气息，他把她的半边身子捞回床上，顺手摸了摸那根骨头，在她惊恐他要再往上探的时候收回手，给出一句评价："太瘦了。明天开始多吃点儿。"说完便又做沉睡状，剩下温觉非在暖气里独自凌乱。

没见过调戏人能调戏得这么清新脱俗的……

　　之后两人便再没有动静了，温觉非渐渐心安，不知不觉也就睡了过去。第二天早上还没听到闹钟响，但知道身旁有窸窸窣窣的声音，习惯了一个人睡觉的她潜意识里就反应过来自己不是在寝室里，猛地睁开眼，看见身旁正撑着脑袋玩她头发的白简行。

　　不知道是因为没睡饱还是因为白简行的脸在早上也显得过于好看，温觉非愣了几秒，随即冷漠地翻身抱着枕头继续睡。他好像笑了一声，也没催她，只是又坐近了一点，半晌后两只手指头轻轻捏了捏她的耳垂。

　　手感好像有些奇妙，再捏捏。

　　耳垂太小了，刚好左脸露着，又伸过来轻轻捏捏。女孩子怎么能够这么软乎乎的？见温觉非依旧没反应，以为她并不介意，就胆子更大地靠了过去，用食指轻轻扫了一下她的左眼眼睫毛。

　　有种在弹琴的感觉。这个比喻逗得他自己都笑了，温觉非听到他的笑声有些恼，睁开眼扭过脸想看看他到底要干吗，结果鼻子刚好撞上他的唇，她真是万万没想到白简行居然就趴在自己身后，撑着脑袋逗还没睡饱的她。

幸好没撞疼，她迅速转回脸，白简行捏捏她的耳骨，说："既然都有早安吻了，就赶紧起床吧。"

她摸摸鼻子，害羞反驳道："这种才不算早安吻吧？"

"是吗？"他忽然撑起上半身将她压住，她慌乱之中看到他嘴角腹黑的笑意，还没来得及说话就被他俯下来吻了一下，末了还恋恋不舍地半咬着她的唇，哑着声音说，"那这个早安吻算吗？"

大脑充血，心率狂飙，她抬手捂住自己脸上发烫的部位，说："算。那、那我起床了。"

白简行满意地挑挑眉，翻身坐起，温觉非也跟着乖乖起床。

洗漱之后温觉非才看到时间，原来已经比原定的起床时间迟了十来分钟，估计是闹钟把他吵醒了，她却仍然睡得雷打不动。

怕去迟了妈妈吃不上早饭，温觉非加快速度换衣服绑头发，连口红都只是在玄关随便抹上去的。好不容易出了门，她抿了抿口红，回头问正在锁门的白简行："我口红涂好了吗？"

他一愣，随即直接俯下来亲了一口，答道："涂得很好，这是奖励。"

耳朵瞬间通红。她假装淡定地摸手机，却发现外套口袋根本空空如也，忙说："我忘记拿手机了。"

白简行转身把钥匙放进兜里，晃了晃手里的两部手机："我拿了。"

　　她正要伸手去接，他却凭着身高优势突然把手机举高，一张俊脸凑近再凑近，嘴角的坏笑若有似无："该你奖励我了。"

　　"……"

　　这个男人，真的绝了。见识过他不羁轻狂的年少，也见识过他为人师表的严谨认真，结果谈起恋爱来居然是这样可爱的忠犬系男友。她忽然想起以前朱颜家的秋田也是这样，刚收养时为了训练它学会自主生活，每做对一件事都会奖励它一块零食、一次摸头或者亲亲。想到这里，她没忍住笑意，白简行看着她的笑容，心头一动，直接伸手把她揽进怀里，吻了下去。

　　她真的是个每次笑都会让他觉得心动的女孩儿。

　　随后，白简行开车送她去医院，经停在温觉非常去的粥店前，她点了单之后两个人一起站在门口等打包。温觉非今天穿的是一件胭脂红的羊绒大衣，腰带反系在腰后，是一个有些松散的蝴蝶结。白简行不着痕迹地站在她身后想帮她重新系，却因为不太擅长而失败，反复了几遍才终于满意。温觉非揣着兜在张望煮粥的进度，根本没有留意身后发生了什么，直到店里仅有的两位客人小声地议论道："你看看，别人家的男朋友，又高又帅又有钱又贴心，开奔驰就算了，系个蝴蝶结都能这么耐心反复地折腾这么多次……"

她立马回头，已经系好了的白简行一脸相安无事地站在原地，她瞟了一眼腰后的精致蝴蝶结，朝他笑道："谢谢。"

白简行无奈："为人民服务。"

【3】

白天两人依旧各自忙各自的，温觉非在医院陪妈妈，闲暇时看看老院长发来的项目资料，为年后正式开始的项目做准备。在朋友圈看到陆子泽说明天就飞英国时，她还微微一惊，随即马上拨通了朱颜的电话。

"你看到陆子泽朋友圈了吗，他明天就去英国了。"

"看到了，棋社管理层都在商量着去送他来着。"

"那朱社长肯定得去喽？"朱颜在今年的国赛里拿下了象棋组个人金奖，更是凭借着好人缘和高能力在换届大会上成功当选了浥尘棋社社长，她好像永远都躲不开和陆子泽的关联，真是剪不断理还乱。

结果，朱颜凉凉地回了两个字："不去。"

"我是明天得陪妈妈做全身检查去不了，但棋社的副社长、小组长之类的都去了，你不去好像于情于理都不适合。"

"得了吧，我跟他那点儿破事谁还不知道了？我就是追不到他怀恨在心，巴不得一生都不要再见面彼此尴尬了，大家肯定都能理解我。"

温觉非有些无奈："大家能理解，我不行。"

温觉非太了解朱颜这个丫头片子了，她越是躲就证明她越伤心，如果她真的那么豁达看开了，反而能够大大方方地去送陆子泽，甚至跑去搂着陆子泽的肩膀说"走好了小老弟"，顺便坑下他一顿饭才是。

电话那头的朱颜沉默了半晌，说："非非，不是每个人都可以像你和白简行那么幸运的。"

"你不去试试怎么知道呢？不是你跟我说的要把自己的心意说出来吗？"

"我以前说过很多次了，非非。我说过的喜欢他比你想象中还要多得多，但到头来也只能是这样。当然我现在谁也不怪，我只是觉得，是我不够幸运。"

听着朱颜沮丧的声音，温觉非也不自觉地跟着难过。这么多年来她已经习惯了默默地和朱颜共享情绪，她们俩有时相像得就像一对灵魂双胞胎。既然她不想去，温觉非就更不可能逼迫她，只得长叹一声，说："要是这种幸运也能和你共享就好了。"

朱颜说她傻，两个人贫了几句之后挂掉了电话。

虽斩钉截铁地告诉温觉非她不去送行，但陆子泽去英国那天，朱颜还是被几个棋社管理层硬是拎到了陆子泽面前。她站在偌大的出发大厅里，看着眼前那张和初遇时无异的脸，感觉像是在看她这两年有些荒唐的大学时光。

他朝她笑，从包里摸出来一份送别礼，是手幅大小的卷轴，里面是他的墨宝，写着：最是人间留不住，朱颜辞镜花辞树。

他说："还记得刚认识的时候，我夸你的名字很好听，你说应该夸你人如其名。"

说着说着，真的笑了起来，像是回忆起很美好的事情。朱颜木讪地接话："本来就是嘛。"

"对。我收回那时的话，你其实真的很漂亮。"

"朱颜"在古诗里明明泛指年轻的美貌，他那时却不解风情地非要说是红了的脸，真是令人无语。但她何尝不知道，那不过是他不想被女孩子撩而故意装出来的煞风景罢了。现在突然提这茬干什么？怪叫人难过的。于是，她敷衍地回答一句："恭喜你终于不瞎了。"

围观的众人都看得出她在故意怼陆子泽，尴尬得面面相觑，唯有陆子泽还在笑。他抬手想摸摸朱颜的头发，却又觉得实在过于亲昵，生生改成拍肩。朱颜一脸不耐烦地躲开，他还是温温柔柔的，万年不变的好脾气："一定要开心啊，再见。"说罢朝她身后的几位同学挥挥手，头也不回地进了安检口。

朱颜如释重负地垂下头，看着手里他的字，真是纳闷，他一个医学生，酷爱古诗词的程度堪比棋社那两个以作家身份自居的中文系男生，实在匪夷所思。她记得大一她去面试象棋组的时候又遇上他，他只问了一句："你知道棋社为什么叫浥尘棋社吗？"

她说：知道啊，取自"渭城朝雨浥轻尘"喽。

　　然后就被录取了。在淘汰率如此之高的象棋组面试之中,她居然就这么轻而易举地被录取了,这简直是更加匪夷所思的一件事。她甚至觉得是陆子泽看上她了,故意给她开的后门,还自我陶醉了好长一段时间。直到后来和大家混熟了,才知道原来大家都不知道棋社名字的由来,不由得由衷地感谢起童年时爸爸拿着臭袜子逼她背的《唐诗三百首》,万万没想到它居然在她泡人的时候派上了用场,中华文化可谓是博大精深。但陆子泽题的这句诗未免过于伤感,像是他们的结局从好久好久之前就注定了一般。最是人间留不住,留不住,留不住,究竟是她留不住他,还是他留不住她呢?想着想着把自己绕晕了,只得作罢。

　　总之,再见吧,陆子泽。

　　她望着消失在安检口的那个身影,他这一去带走了她生命里那么美好且勇敢的两年。

　　再也不见了。

【4】

　　温觉非这头仍然进行着有条不紊的生活,渐渐地摸索出了适合彼此的生活节奏。白天时白简行如果有空的话，也会和她一起去陪温妈妈说会儿话。晚上温妈妈入睡之后他再来接她，两个精疲力竭的人买些食物直奔公寓，好像越来越眷恋那个小窝。不同的是，温觉非的老房子在几天之后就有了信息，被一个当地人全款买走，温觉非托朱颜帮忙查了一下买家信息，不姓白也不在任何一家和白家有关的企业工作，应该和白简行没什么关系。

接下来便是一大堆的签合同、过户等烦琐的手续工作，因为抽不开身，温觉非全程依靠现代科技完成，没有见到那位买家。说来也怪，买家对待房子的态度非常随意，当地房产管理部门估价过后，买家立马给合同上写的账户汇了款，还告诉朱颜说温觉非可以迟些再回来整理她要带走的东西，反正房子他不急着用。

真的很奇怪。温觉非和白简行说起这件事的时候，他没什么表情，甚至没看她的眼睛，只轻咳了一声说："也许对方是知道你的情况的。遇到好人了。"

"不能够吧，朱颜说没告诉他我的事。"

白简行无辜地耸耸肩，手里正捣鼓着新买的平板电脑，把话题一拐："护工阿姨回来了吗？"

温觉非点点头，又认真想了想，说："我得抽空回去一趟，把要带走的东西收拾好了，在手续都办完之前把房子腾出来给人家。"

白简行皱眉："别人都说了不着急。你每天已经够忙了，就不要再把自己弄得这么累了。"

她坐到白简行身旁，整个人窝进沙发里："这是原则问题，白先生。对方体恤我，我就更应该体恤对方，不能真的让人家买一栋房子当我的储物室吧？"

白先生的眼神仍然有些反常地只放在书本上："说不定人家本来就没打算用来做什么。"

"你好像很清楚？"

他顿了顿，像是被戳穿了秘密，半晌才答："猜的。"

温觉非套不出话来，便拿出手机开始看回去的高铁票。

白简行瞟了一眼她的屏幕，叹了口气，说："我陪你回去吧。正好腊月二十八那天我表妹回国，家里说一起吃顿饭。"

温觉非自然没有道理拒绝，只是脑子里还有点乱，忘记问他那顿饭和自己有没有关系。白简行弄好了平板电脑，递给温觉非，说："你明天把这个带过去，给阿姨解解闷。我给阿姨买了所有视频软件和阅读软件的年费会员，如果阿姨还有什么爱好，随时跟我说。"

　　温觉非有些讶异地接过，感动和温暖在心里蔓延，她是爱上了一个多心细体贴的男人啊？

　　"谢谢。"

　　他站起身要往厨房走起，像只是做了一件分内事一样并不居功，只揉揉她的头发，笑道："我觉得我们以后得立个规矩，我不想再听你说谢谢了。"

　　温觉非一板一眼地答道："可是该表达的谢意还是要表达。"

　　白简行略一思索，故意使坏，戏谑道："那你每次想谢我的时候，就亲我一口吧。"

　　以为她肯定会害羞不答应，每次逗得她羞红了一张脸还不知道说什么的时候，他都会觉得心情特别好。却没想到这次温觉非直接一骨碌起身站在沙发上，脚踩着抱枕终于有了身高优势，趁着白简行还没反应过来，跳到他身上直接在他脸颊上"啵唧"亲了一口。

　　看着他又惊讶又害羞的表情，温觉非心里非常有成就感。自从在一起到现在，就一直只有她被调戏的份儿，这会儿可算是翻身农奴把歌唱了。殊不知腰上的手越收越紧，她听见白简行故意加重了呼吸声，再把重心往前一倾，两个人就都倒在了沙发上。温觉非整个人被他压在身下，丝毫没有挣扎的机会，他咬着她的耳骨低声道："难得这么乖，嗯？"

温觉非感觉头皮发麻，劝他："少侠，冷静一点。"

"我一直很冷静。只是你每次都能让我冷静不了……"

她只得搬出撒手锏："说好了不乱来的……"

他的动作却没慢下来，像没有听到她的话一般，双唇摸索着落在她的颈窝间，气息喷出来，又热又痒。最后，他轻轻撕咬着，在她肩上留下了一个微红的吻痕，叹了一口气，笑自己："作茧自缚啊……"说罢便再无声息了，伏在她身上睡着了一般。

在温觉非的一颗心终于落回了肚子里时，他又突然坐起身，穿好了拖鞋往浴室走过去。

她有些惶恐："你要干什么？"

他的声音轻飘飘的，带着些慵懒和无奈，答道："还能干什么？冷水洗脸，帮你灭火。"

温觉非这回脸红得耳根子都要滴血了……

【5】

　　回家前的一个周末，温觉非起床时白简行已经出门了，留言说是去买食材回来炖汤，她才迷迷糊糊地想起昨晚跟他说要炖乌鸡汤给妈妈补身子的事。先打开冰箱把牛奶倒出来加热，再走进浴室慢条斯理地刷起牙来。正满嘴泡沫之际听到门铃响起，她以为是白简行回来了，来不及吐泡泡就小跑着去开门，然后被门外的人惊得动弹不得——白简行的父母，此刻正一前一后、各自提着一个大购物袋站在门口。白妈妈在前，穿着一身丝绸质的深蓝色旗袍，将姣好的身材曲线勾勒得完美；而白爸爸一身黑西装，一如既往的严肃威武，和白简行一样的高瘦内敛，气场强大。

　　猝不及防就见家长了。

　　面对刚刚醒来还没有洗漱完毕的温觉非，白妈妈也是一惊，随即露出体面的微笑："觉非啊，刚起床？"

　　她尴尬得像是被雷劈了，满口的泡沫吞也不是吐也不是，但一个字都说不出来。白妈妈替她解围说："你先去洗漱吧。"她才如获大赦一般点头，又一路小跑回浴室。

　　其实也不是第一次见白简行父母，但正如之前想的，她现在面对他们时已经不再是淑慎奶奶众多学生之一，更是以白简行女朋友的身份。这第一印象，真真是毁了。想罢有些崩溃地点开白简行的对话框，发去一个"SOS"的表情，说：你爸妈来了！

他很快回复：马上回，挺住。

这怎么挺得住？温觉非有些不知所措，加快速度收拾好自己再出来时，白妈妈正在厨房里忙活，而白爸爸站在阳台外面打着电话。温觉非仍然觉得十分尴尬，但该有的礼貌不能少，只得硬着头皮补上一句问好："阿姨您早。刚才我还以为是简行回来了，所以……"

印象里一贯高傲的白妈妈却了然地笑了，把她煮热的牛奶倒出来递给她，然后把刚提过来的紫蟹往冰箱里塞。看向她的眼神里没有从前的疏离和敷衍，反而是一种道不明的疼惜。

白妈妈把牛奶递给温觉非，说："没事儿，倒是我们突然来了，打扰到你们小两口了。你在这儿住的还习惯吗？"

"挺好的。"

"家务活都是谁干？"

温觉非愣了，这种问题就像"第一次去男朋友家里应不应该主动洗碗"一样让人左右为难。若说是她做家务吧，既不符合实情又显得自己廉价；若说是白简行做家务吧，也是不合实情还显得她好吃懒做。思忖半晌，她只得如实相告，说："一人一半。"

结果，白妈妈直接摆手："都让他干都让他干，你没来之前他自己就能搞得定，你别惯着他。"

"没有。"温觉非此时根本喝不下牛奶，就随手放到餐桌上，微笑着走近想帮忙，"合理分配着，两个人都不累。"

白妈妈对这个答案很满意，见温觉非要上手，忙不迭把最后几袋蟹放进去，说："不用，你别脏了手。这紫蟹是别人送给你白伯伯的，虽然看着小，但是蟹黄特别厚，只有这个天时去市郊的河堤泥洞掏了才有，也算是难得的。你让小白今晚给你做了吃。"

温觉非被白妈妈的眼神看得不好意思了，低下头去道谢："好，谢谢阿姨。"

白妈妈笑意更深，关上冰箱门后牵着她走出厨房，说："不用这么客气。你千万记得要让小白给你做，你别上手，你这手可是跟着奶奶画画的，不能干活儿给糟蹋了。小白一个粗糙爷们儿，你就尽情使唤他，反正他也不是什么稀罕宝贝。"语气既不冷也不热，但是明显能感受到关心，和白简行从前如出一辙。

　　温觉非向来习惯了用冷淡回应别人的热情，眼下白妈妈这突如其来的宠溺让她无所适从，只得干巴巴地再道谢。

　　白妈妈察觉出温觉非的窘况，温和地拍拍她的手以表亲昵，正好白爸爸刚挂掉电话走进来了。白妈妈微笑着对白爸爸说："看看，以前她还在妈妈家学画的时候，还那么小。转眼就长大了，出落得这么标致又有气质，可真是便宜我们家小白了。"

　　白爸爸的脸上也跟着泛出笑意，这是这么多年来，温觉非第一次看白爸爸笑。印象里，白简行父母都是精明的商人，像是有永远都谈不完的生意和烦不完的忧虑，见人甚少带笑，反而透出一股子贵族清高感来。温觉非站在那里，对这样的转变有些无所适从。

　　白妈妈推着温觉非坐下，用眼神暗示了一下白爸爸，再转身捣鼓另一个购物袋去了。温觉非才反应过来自己连水都没给叔叔阿姨倒，连忙起身翻出水壶开始忙活。向来不苟言笑的白爸爸倒没有那么客气，只等她烧水、洗茶、冲泡、刮沫，最终倒出一紫砂杯碧绿澄澈的铁观音。

　　白爸爸品了一口，赞叹地点头，问："你学过茶艺？"

　　"不算学过，小时候爸爸教过一点。"温觉非大大方方地回答，端坐在沙发上，心里没那么紧张了，但总有种中学时被老师提问知识点的感觉。

白爸爸又抿了一口茶，冷不丁问出一句："你对小白还满意吗？"

"当然。"

"那就好。叔叔阿姨以前就一直盼着能有个女儿，但是怎么盼到头来都只盼来一个儿子。指望着有个儿媳妇，他又一直拖到二十四岁都没个动静。他妈妈还怀疑过他是不是不喜欢女孩儿。"白爸爸无奈地笑，一杯茶尽数喝完，他轻轻放到茶几上，风轻云淡地感叹一声，"幸好遇到了你。"

白爸爸是在解释自己和白妈妈态度的转变，换句话说就是：面对一个普通学生和儿子女朋友的态度那自然是不一样的，儿媳妇我们巴不得当成亲生女儿来疼呢。没说得很直白，但接纳和宠溺都已经表达得很清楚。这一家人说话待人倒真都是一个风格的。温觉非微笑着给他续茶，回道："能遇到简行，也是我的幸运。"

白爸爸点点头，露出长者那种关怀和蔼的表情："彼此珍惜吧。"

"会的。"

旁边一边忙碌一边留心听着的白妈妈可算舒心了，正笑着，白简行提着一袋子食材推门而入，看了一眼白妈妈和坐在沙发上的爸爸，一脸了然地说道："来了。"

温觉非讶异于他的冷漠，结果对面的白爸爸也飘飘然应了一声"嗯"。看来这算是他们特有的相处方式。

白妈妈问他："上哪儿去了？大早上就不着家的，把觉非一个人扔这儿。"

白简行晃了晃手里的购物袋："我给她跑腿去了。"

温觉非立马接话解释："炖乌鸡汤的食材，妈妈最近住院了，我想给她补补。"

"女孩子就是会疼人些。"白妈妈无限感慨，又问，"妈妈身体还好吗？"

"恢复得很好。"说罢生怕这个话题再往里进行下去，她悄悄握住径直走到她身边的白简行的手，微笑地问，"叔叔阿姨中午和我们一起吃饭吗？我多炖点儿汤。"

"不用，我们还有事儿，本来就打算送上来了就走。"说罢，白妈妈拉起白爸爸，两人往玄关走去。

温觉非和白简行跟上去送，白妈妈出门前回头对温觉非说："觉

【1】

很快到了腊月二十八，大街小巷都开始洋溢出春节的气氛，鲜艳的红色从街边卖对联的小摊贩开始往各家各户蔓延。早上白简行陪温觉非去了一趟医院，温妈妈已经能自己下床走动了，两个人陪着在病区逛了一圈，又少不了被打趣问什么时候结婚。将近中午的时候才从医院里出来，白简行带着她在附近的饭馆解决了午饭问题，然后开着车直奔高速。温觉非看着窗外络绎不绝的车流，才后知后觉地反应过来，她现在是要和白简行一起回去那个她曾经住了十八年的地方。

难免有些惆怅，她懒懒地靠在副驾驶上，望着窗外欲雪的天气和川流不息的车辆。白简行专心开着车，沉默了一会儿后开口问她："想什么呢？"

温觉非拖着嗓音答："想以前一个人住的日子。"

虽然大部分时间都在学校，但遇上小长假之类的日子就免不得要回去。一个人待在一栋房子里，尽管连家具的摆设位置都熟记于心了，还是会觉得很害怕。怕太暗了自己看不清东西，怕太亮了招来一些意想不到的麻烦，怕每一节不在预料之内的声响。她甚至买了一把水果刀藏在枕头底下，生怕遭遇不测无力反抗，现在想来真是有些被害妄想的征兆。

白简行安静地听完，伸手摸摸她的后脑勺当作安慰，说："我在德国的时候，也是一个人住。有时候忙工作到后半夜才回去，打开灯看到早上弄掉的充电器还是扔在地上，也会觉得非常孤单。但幸好……"他看向温觉非，两个人的手上相似的戒指映照着流光，"以后都不会有那样的日子了。"

幸好，他们都熬过了那样形单影只的日子，带着一身风尘和光亮走进彼此的人生里。

她原本落寞的眼神渐渐有了暖色，调笑道："按照规矩，我现在应该亲你一口。但是你毕竟在开车，我们要好好遵守交通规则。"

白简行望向窗外的限速牌，放在刹车离合上的脚倍觉沉重，半响后幽幽道："真是不解风情的高速路啊。"

温觉非笑倒，心情大好地打开了车载音响，悠扬的曲调从喇叭里传了出来，她听了半分钟后略带欣赏地点点头。

白简行说："你喜欢这首曲子？以后我弹给你听。"

"好。"

反正，他们之间有永远挥霍不完的以后。

很快到了高速出口，他喃喃了一句什么，然后唤了她一声："觉非。"

正在发呆的温觉非瞬间回神，随着她的应答同时响起的，还有白简行智能手机里的语音助手。它在发出被唤醒的"叮"一声后，说："中午好，白简行。有什么需要我帮你的吗？"

机械得没有任何温度的女声，倒是和温觉非平时回话时的语调有几分相像，只是音色上稍微有些区别。温觉非讶异地看向他，他却仍然一脸镇定地念出地址让助手导航，颇有理不直气也壮的感觉。

温觉非安静地等他组织语言，她从不是那种喜欢逼迫别人解释的人，或者说，她根本也懒得听任何人的解释。但他除外。

白简行淡定地打方向盘拐过弯，慢条斯理地解释道："确实是因为它的语调有点像你，我才买了这部手机。"说着看了一眼地图，把接下来的路记好，又突然问，"你喜欢我吗？"

温觉非一时之间分不清他究竟是在问自己还是问手机，正组织着答案呢，语音助手便先一步回答，说："当然，每一个配件都可以为我做证。"

听到答案的他带着戏谑的笑容看向温觉非，她捂住一片绯红的脸扭开头去："流氓。连手机都不放过……"

【2】

约摸下午三点半到达小区，白简行根据温觉非的指引开着车在有些陈旧的单元楼里穿行，总觉得有些熟悉。他说："我好像来过这边。"

温觉非家距离白家几乎差了半个城市，但年少时如果喜欢到处逛，来过一两次也不稀奇。温觉非望着窗外缓缓经过的商铺，指着其中一家老旧的关东煮店说："这家关东煮最好吃了。我以前每次回家最大的动力，就是能吃一次这家关东煮。"

白简行顺着她的手指看过去，微笑着说待会儿和她一起吃一次。最后停在一栋两层半的小别墅前。已经很有年岁了，西侧的墙面因为无人清理爬满了枯萎的爬山虎，前庭除了小道几乎杂草丛生，可见的墙面也都斑驳不已。

温觉非下车，摸出钥匙开门，映入眼帘是多年都没有变的摆设。空荡荡的，落满灰尘，没有什么生活的气息，更没有那个一直坐在红木太师椅上等她的优雅男人。她在门口站了半晌，终于对着空无一人的家呢喃出一句："爸爸，我回来了。"

接下来便是有些兵荒马乱的清理和收拾。要带走的东西不多，无非是一些相册、日记和有纪念意义的物件，而她过去的一些私人衣物和攒存多年的各类书本都被另外装箱，打算丢弃了。

因为积攒了太多过去所以难以上路，适当地丢弃一些物品是人类生存所必须要做的事情。她望着相册里泛黄的照片发呆，那里面是刚满周岁的她和爸爸妈妈。

幸好，还有这么多碎片能够提醒着她曾经拥有过那些时间，拥有过那些响着笑声的爱意。

正是这些碎片，织就了她。

整理好东西之后，这个家就只剩下毫无生气的家具和灰尘了，仔细找找的话，还有些温觉非小时候涂鸦在墙上的画。歪歪扭扭的，

五颜六色的，温爸爸都没舍得擦掉。白简行趁着温觉非不注意，都
一一拍照保存了下来。最后，她坐在通往后院的门前，望着院子里
秃得只剩枝丫的桂花树，对白简行说："我记得小时候，爸爸特别
在意这棵树，还曾经因为我忘记准时浇水骂过我，气得我离家出走
了。"

　　白简行停下手里的工作，弯腰坐到她身边去，不大的门槛正好
容得下两个人并肩。她露出回忆的神色："那个时候我觉得爸爸特
别不讲理。跟别人家那些凶巴巴又严肃的爸爸不同，我爸爸一直都
是温暾的，慢性子，特别温柔。什么都不在乎，妈妈走之后他的生
活里除了工作和我之外，就是这棵桂花树。那个时候我都不明白，
一棵到处都能见得着的树，有什么稀奇的？后来爸爸去世了，我再
去到妈妈身边，才知道原来妈妈很喜欢桂花香。这棵树，是他们结
婚那天一起种的。"

　　所以其实，爸爸一直在等妈妈回来。只是岁月变迁，人遭横祸，
他没能一直等下去，没能看着心爱的女儿长大，也没能看到桂花树
长到亭亭如盖的模样。

　　白简行望着那棵树："房子卖了，如果被砍掉怎么办？"

"那就砍吧。"她故作轻松地说，身子往里一挪，像犯困的小猫一样懒懒地蜷在地上，一颗脑袋准确地枕到了白简行盘着的腿上，庭院里有阳光爬进来，洒在眼皮上，闭眼后是鲜红的一片。

她说："如果是为了妈妈，爸爸肯定也会觉得很值得。"

他撩起她的一绺发，轻轻地缠在指间玩弄，没有说话，但也足够美好。

【3】

处理完丢弃的物品后，白简行接到家里打来的催促电话，让他赶紧带着温觉非回去吃饭。于是原定的关东煮没有吃成，温觉非指了一条去淑慎奶奶家小区的近道，虽然昏暗颠簸了些，但胜在快速。她想起自己那次因为桂花树和爸爸吵架后的离家出走，小小的她一路抹着眼泪乱跑，抬头就已经进到这条破旧不堪的街道里。

昏暗的路灯有些故障地不停闪烁着，她害怕极了，可是怎么都找不到回家的路。正当绝望的时候，不知道从哪里钻出来几个骑着自行车的少年，穿着白色的校服大笑着骑过去，浑身上下都写满了张扬的活力。骑在最后的那个少年尤其高，好像没什么竞争的欲望，背着市一中的书包跟在最后，一张脸粉雕玉琢般的好看。

看见她时，少年猛地刹住了车，问："小姑娘，你晚上不回家，在这儿干什么？"

她哭得抽抽搭搭："我迷路了……"

"你住哪个小区？"

她报出名字，少年掉转车头，拍了拍自行车前的杠杆："坐上来，我送你回去。"

她望着他校服上偌大的市一中图标，再望向那双漂亮得如同水潭一般的眼睛，莫名就生出了依赖感，擦干眼泪爬了上去。他用手扶住她的腰，脚下用力一蹬便顺利骑行起来，不出一分钟就把她送回了小区。

被放到地上时，她还沉浸在找回路了的喜悦之中，只顾着回答小区保安询问她住所的问题，没有听见那个少年被同伴呼唤的声音。

如果她认真听了，会听到很简单的几个音节："简行，走了！"然后他匆匆转头，叮嘱她一句赶紧回家，就离开了。

她早就是他的小姑娘了，尽管这些碎片遗落在时间长河之中，不被任何人记得。

【4】

薄暮时分抵达淑慎奶奶家，太阳刚刚落山，满天零碎的星星隐约显现在深蓝色的天幕之中。白简行一手牵着温觉非，一手提着大盒的礼物踏进屋里，满满一屋子的人在看见他们之后不约而同地愣住，随后爆发出响亮的感慨声和祝福声。

"小白的眼光真是没得说！"

"佳偶天成，神仙眷侣！"

"什么时候要孩子？你俩 DNA 结合怎么也得生出地球球草球花级别的吧？"

"在这个帅哥普遍高度眼瞎的年代，你们让我看到了审美的曙光！"

……

白简行对此充耳不闻，他首要搞定的不是这群同辈晚辈，而是尽快让温觉非得到所有长辈的首肯，才能让她顺利地融入这个家。

他拉着温觉非往内厅走，奶奶和父母长辈应该都在那里，其间还悄悄和她耳语道："我说了，他们就是喜欢一惊一乍。"

　　温觉非捂嘴偷笑，目光和淑慎奶奶相接时露出一个甜甜的笑容，到了嘴边的好听话却在瞥到白简行父母时生生哽住。白简行直接过去把手里的礼盒一放，和自家父母打招呼道："爸妈，觉非给买了你们爱吃的那家酥饼，排了好久的队。"

　　白妈妈笑得大方："辛苦觉非了。"

　　温觉非没吱声，她完全不知道酥饼是怎么一回事，好像是白简行很早就买好了放在后备厢里的。

　　被白简行领着问候了一圈长辈，温觉非坐回淑慎奶奶身边时，奶奶朝她使眼神，像是在询问她和白简行父母的关系。

　　她悄悄比了一个"OK"，淑慎奶奶看到之后眉开眼笑，也带着调皮的表情朝她竖了一个大拇指，两个人皆巧笑不已。

　　终于要准备去饭店了，她跟着白简行迈出内厅，忽然被一只不知道打哪儿来的小团子抱住小腿，甜滋滋地朝她喊了一声："小舅妈——"

　　温觉非整个人僵住，不知道如何动弹，生怕伤着这颗糯米团子。白简行弯腰蹲下，微微张开手说："丸丸，小舅抱。"

　　小团子这才松开温觉非，哼哧着小短腿扑进白简行怀里。他一把将小团子抱起，问："谁教你喊小舅妈的？"

小团子搂住白简行的脖子，肉乎乎的小脸直往白简行脸上蹭"妈妈教的。"声音软糯糯的，听得温觉非心都快融化了。白简行被小家伙逗得莞尔，笑容亮亮的，又软又温柔。

到了饭店了才知道，原来今天不仅是家族聚餐，更是白简行的外公——也就是丸丸的外曾祖父八十大寿。

她站在门外，怀里抱着一直黏着她不放的丸丸，忐忑地问："那怎么办，我没给外公准备礼物。"

白简行一挑眉："我准备了。"

她看了一眼他空空如也的双手："哪儿呢？"

"丸丸怀里。"

她一看，丸丸正搂着她的脖子在她背后玩着什么。她一看，是刚拼好的乐高战士，心道：难道八十岁老人家还喜欢搜集乐高不成？

走进包间之后，她被白简行牵到他外公外婆跟前，热热闹闹地陪着说了一会儿祝寿的好听话，最后他握着老人家的手，微笑着说："想了很久没有想到送什么才算大礼，干脆把女朋友带过来了。这份贺寿礼，您喜欢吗？"

老人家笑得见牙不见眼："喜欢，喜欢。要是下回能带上我重外孙一起来，就更喜欢了。"

温觉非闻言羞涩不已，白简行镇定答道："那我们努力。"

在场的亲戚听后纷纷笑开，好像今天就是他们的大喜日子一般。随后寿宴热热闹闹地开席，温觉非坐在席间，右手边是不停给她夹菜的白简行，左手边是不停被她喂菜的丸丸。偶尔有长辈喝到兴起，会端着酒杯加大嗓门来敬温觉非和白简行，尽数被他挡下。温觉非的父母都是独生子，爷爷奶奶去得早，除了外公外婆，妈妈那边的亲戚和她没有什么往来，她是第一次参加这种聚会。四代同堂，一大家子人聚在一起说笑，把她纳进一个家的未来里进行规划畅想，话里言间溢满喜爱和祝福，眉眼和笑容里都尽是美好。

她一直以来孤独冷漠、踽踽独行的心，第一次感受到了被抚慰。

【5】

散席时白简行有些微醺，温觉非要照顾他，就把丸丸送回她妈妈那里去了。白简行说要宿在奶奶家，没喝酒的白妈妈便做主先开车把奶奶、温觉非和白简行送了回来。

白简行的房间在二楼最尽头，不算大，但足够有安全感，到处堆满书和棋谱。

这倒是温觉非第一次进他的房间，以前来学画画的时候，活动区域一直局限在一楼的画室、客厅和厨房，她不会也没有兴趣造访这个神秘的、只属于他一个人的空间。

她准备去楼下找醒酒药给他吃，还没打开门就被他八爪鱼一样的一个拥抱搂进了怀里，顺着力道倒在了床上。她闻着他呼吸间氤氲的酒味，听着他低声咕哝着往她怀里钻，说："冷……"

暖气有些老化了，还没完全热起来。温觉非只得哭笑不得地由他抱着，一手拉起被子往他身上盖，笑道："盖被子就好了，我也不是暖炉呀……"

他猛地安静下来，像个沉睡过去的小孩子。温觉非就着原本的姿势陪他躺了一会儿，回想起刚才觥筹交错的席间，感觉像是一场梦，只有怀里这个人是唯一的真实存在。思绪胡乱地飞了一会儿，她想起正事来，轻轻地挪开白简行的手，坐起身想去给他倒点热水喝。

结果，他也跟着起来了，神色如常，就是一双好看的眼睛迷离得很，像是要勾人一般。

温觉非说："你坐着，我给你倒杯热水来吃醒酒药。"

他像是听明白了，温觉非起身开门，他却还是像个学人玩偶一般跟着动作。随后，无论温觉非是倒水、找药、调暖气、洗脸还是放洗澡水，他都全程跟随着，像是恨不得黏在她身上一般，看得淑慎奶奶在一旁直偷笑。温觉非有些无奈地带他回房间，哄着吃下醒酒药之后终于安分了，就着牵她的姿势躺在床上眯了一会儿。

温觉非窝在他怀里，伸手摸摸他的鼻梁，自言自语一般问："你是喝了酒就会变得黏人吗？"

他忽然答："是喝了酒就会变得黏你。"

"你没有醉啊？"

他半睁开一只眼睛看了她一眼："如果能酒后乱性的话，我现在就醉。"

温觉非捶他："斯文败类。"

斯文败类立马动手，翻了个身又把她压住。斯文败类问："今晚开心吗？"

她带着笑回答："还行。"

"你会不会觉得我有些操之过急？像个毛头小子一样，巴不得全世界都知道你是我的。"

"你说过你力求速战速决。"所以她有心理准备。

"其实还有一个理由……"他把脸埋进她的肩窝，声音因此变得闷闷的，"我答应过阿姨，给你一个家。"

温觉非没能明白，他接着解释："我不希望哪天万一，我说万一，阿姨走了，你会觉得自己在世界上再也没有家了。虽然说我的亲戚都很聒噪，也免不了会有撕破脸吵架的时候，但多数都是识相的人。他们都要借着这层关系在彼此身上寻找感情或利益的慰藉，所以我们之间牢不可破。亲戚关系说白了就是一句话：利益链条越紧密，就越分不开，一个家族表现出来的幸福度就越高。"

他竟然喋喋不休地用专业角度开始分析起来，温觉非心想他一定是醉了。

"说这些不是要让你对他们失望，而是希望你抱着正确的心态进入这些关系之中，避免以后太受伤。"

"可是我不一定能处理好这些关系，我并不擅长……"

"没关系。不想处理就不处理了，重要的是你想在这些人身上获得什么。"

"你对我期望好像很高……"

他闭着眼缓缓摇头："我希望你在来到我身边之后，一直都是幸福而快乐的。希望你要从我的爱里得到很多美好和快乐。这就是我对你的期望。"

所以他才毫不避讳地让家里人都知道她的存在，带她来参加外公的寿宴，恨不得让全世界人都知道她，再把全世界的羡慕、祝福和爱都给她。不仅是为了让她有安全感，更是为了能够让她知道，她那么值得被爱，不仅被他，更被所有与他密不可分的人。

温觉非感动得一塌糊涂，攀上他的肩膀，重重亲了一口他的脸。

白简行明白这个吻是什么意思，笑说："不客气。"

温觉非趴在他胸口，问："你是不是从来没想过和我分开？"

他猛地睁开眼："你想过？"

"没有。"

他的眼睛又缓缓阖上："我从来不为不可能发生的事情烦恼。"

温觉非想起前几天朱颜发过来的一张表情包，学着把里面的话念了出来："你好拽啊，我好像更喜欢你了呢。"

"只有这件事我不嫌多。"

......

【6】

次日清晨，海天交接处透出微微的光亮，大街小巷都还笼罩在一片雾气里，天际是一种浓厚的蓝。温觉非醒得早，爬起身坐到书桌前，望着院子里熟悉的景致出神。

放在六年前，甚至再往前一些，她刚来到这栋小楼准备开始学画的时候，绝对没想到会有这么一天，自己会和楼上那位整天黑着脸的天才少年相爱。会住进天才少年的房间里，钻进天才少年的怀里，躺在天才少年的床上，成为天才少年心里深爱的存在。时光真是神奇的东西。

思绪正纷飞着，白简行不知何时也起了身，走到她身后抱住她。他随手从书架上抽出一本相册给她看，她大致地把"小白成长轨迹"都浏览了一遍之后，角度清奇地提问："怎么都是你的单人照？那么小就喜欢拍个人写真了？"

"我不喜欢被人抱着。"

"好傲娇。"

"我出生的时候还没哭呢，就哼哼了几声，非得逼护士下狠手把我打哭了。"

她成功被他逗笑，他无奈地也笑了一声，继续爆料："后来我爸就一直以把我弄哭为乐，没事就让我号一嗓子，像是我不哭就没办法证明我存在着似的。"

温觉非乐不可支，再看向相册里面无表情地瞪着镜头的小白，觉得真是可爱极了。她当初还纳闷怎么一整个白家，偏偏就叫他小白呢？直到昨晚才知道白家代代独苗，一大家子人里拢共就两个姓白的，一个是白简行父亲，还有一个就是"小白本白"。

一米阳光穿透混浊的云层照射下来，抬眼看到东南角天空呈现一片灼烧般的火红色，日出了。转头想去看他时被轻轻吻住眼睛，他低声说早安，然后摸摸她的脑袋转身去洗漱了。逐渐响起的水声、刷牙声和电动剃须刀的声音，一寸一寸地把她的心全部填满。这是属于他们的千千万万个早晨之一。

【7】

温妈妈的手术刀口在年后顺利拆线，很快进入了术后化疗阶段。

其间的艰难痛苦和哀伤折磨不计其数，哪怕温妈妈已经是第二次经历了，仍然有很多个痛苦到无力承受的时刻，甚至会疼得忘记温觉非的存在，整个人仿若魔怔一般地想用嘶喊减轻痛苦。

医生建议病患家属要在这个阶段多给予病人精神支持，以此增强病人的求生意志。那之后，白简行哪怕再忙再累都会陪着温觉非去看望温妈妈，变着花样给温妈妈做营养餐，和温觉非一起从无数个角度为妈妈勾勒一个美好的未来，约定妈妈一定要来参加他们的婚礼，亲眼看着温觉非穿上婚纱嫁给他。

而这一次温觉非终究没有失望。化疗结束后的血检报告出来时，已经到了初夏。医生那句"恭喜，病人的癌细胞指数已经恢复正常"像被录音一样反复地在耳边播放，这些日子里即便是再苦再累她都忍住了眼泪，而终于在这一天，在白简行的怀里、妈妈的面前，她终于得到一次可以肆意宣泄的机会。

她哭得连路都看不清，听到妈妈的呼唤，挣扎着扑到床边。

温妈妈伸出干瘦的手为她擦眼泪，声音嘶哑却带着喜悦："非非，不要哭。妈妈已经好起来了，妈妈要来履行参加你们婚礼的约定。"

【8】

冗长的夏天不被期盼地到来了，京大校道上的梧桐树变得格外地繁盛。这个城市的夏天，比任何一个季节都更让人记忆鲜明：北冰洋汽水、辣鸭脖、烤肉串、珍珠奶茶和开不完的明星演唱会，都成为织就这个夏天的美好意象。温觉非喜欢的那名女歌手终于在这个夏天举办了复出巡演，她和朱颜一起熬夜抢票都落了败，白简行却轻而易举地弄来了两张内场票。

这是温觉非第一次去看演唱会，她从前很厌烦聒噪和张扬，现在却成熟到可以理解人们的偏执和狂热。晚上七点三十开场，她戴着会发光的头箍和白简行一起候场，身后是一对外国情侣，用叫人完全听不明白的语速在说着外语。

温觉非笑着问白简行："他们是德国人？"

白简行面露讶异："你怎么知道？"

"我听到他们说今晚的烤鸭太腻了。"

"你听得懂德语？"

"大一公选修了德语入门。"

他有些不可置信，思绪猛地飘回从前："那我之前教你的那句……"

"Ich liebe dich？"她歪着脑袋反问，笑容里有些狡黠，抱住白简行的腰补充道，"会说德语是真的，喜欢你，也是真的。"

五万人的体育馆座无虚席，万点灯光仿若落满银河的星辰，粉丝狂热的呐喊声一浪高过一浪。几首旋律轻快的氛围化歌曲之后，灵动清新的钢琴声如水银般倾泻而出，追光打在盛装出席的女歌手身上，她笑着说要抽几对情侣点歌。温觉非轻轻晃着手里的荧光棒，看着大屏幕里飞速闪过的各色人脸，最后停顿在她的脸上。

难以置信地瞪大眼，鱼贯而来的工作人员往她手里塞话筒，她在五万人的注视下站起身，磕磕绊绊地说出她最喜欢的那首小情歌。

女歌手眼尖地发现了她手上的戒指，笑问："坐在你旁边的，是你未婚夫吗？"

温觉非失笑，但不知要怎么解释，只得把话筒递给白简行。他接过之后站起身，极其镇定地说："一样。反正是无论如何都要和她共度余生的人。"

歌曲的前奏立马响起，现场所有歌迷都开始尖叫，大屏幕上映出他们的镜头开始摇晃，白简行突然俯下身来，用力地亲吻她。

　　这个动作成功掀起了当晚气氛的最高潮，五万观众的掌声和尖叫汇聚在一起，彩色的飘带满天飞落，追光打在他们身上，场馆里所有的屏幕上都是她和白简行的脸，最喜欢的歌手站在台上为她献唱，最喜欢的人此刻就站在身边。

　　她听到柔美娇媚的女声伴着旋律轻轻地在唱：

　　这星球偶尔脆弱 而我也偶尔想与你一起沉没

　　我知道你也在向我靠近 星河万顷都是我的见面礼

　　久等了 亲爱的少年

　　……

　　追光收回，他结束了这个吻，贴着额头深情款款地对她说："温觉非，我喜欢你。"

　　"我也是。漫天飘落的彩带，还有我身上的每一个配件，都可以为我做证。"

Qinai De Shaonian , Jiudengle ☺

番外一

去遥远的以后

【1】

朱颜刚追陆子泽那会儿，最喜欢去图书馆堵他。

一开始只是远远地观望，或者坐在离他好几张阅览桌之外的位置上，痴痴地望着他的背影发呆。后来在棋社和他接触得多了，色胆也渐渐变大，也就一天天坐得更近，甚至有一天直接坐到了他对面。

那天是阴天。陆子泽手里翻看着一本《诺顿星图手册》，白皙修长的手指抚在黑色的书页上，更显得精致如玉刻。她完全没办法集中精神看书，只恨为什么没有哆啦A梦能借给她隐身斗篷，好让她坐在这里一丝不苟、仔仔细细地欣赏完陆子泽那张完全按照她的喜好生长的脸。

直到下午上课的铃声响起，陆子泽起身准备去教室，朱颜才惊觉外面下了雨。她慌乱地把手里拿反了的书摆正，没忍住再看陆子泽的时候，他正抱着书站在对面，带着无奈的笑容看着她。

他用唇语问："看够了吗？"

她倒吸一口凉气，下意识地点点头表示看够了，又慌乱地摇摇头表示不对不对我才不是看你。

陆子泽失笑，然后头也没回地走了出去。

直到他的身影完全消失在视线里，朱颜才怅然若失地收回目光，猛然发现他的位置上还留下了一把黑色的折叠伞，赶紧伸手拿过来，摸出手机给他发信息，说："社长，你的伞忘记拿了。"

五六分钟之后，他才回："留给你的。"

她有点开心，但还是装傻追问道："你带了很多伞吗？"

"就一把。"

"是不是只要是个人你都会给啊？"

"你以为我家开伞厂的？"

"……"

"是只给你一个人的。"

像是吃到一颗最合口味的奶糖，甜蜜在知觉里飞速蔓延，她抱着手机捂着嘴在图书馆里笑了半天。

【2】

机场一别后，再见到陆子泽已经是两年之后了。其间朱颜也谈过恋爱，分分合合，纠缠不清，直到真正毕业才断干净。她没能保研，但好在顺利考上了国内知名政法大学的研究生，打定心思想开学之后重新开始好好做人，就在暑假规划了一次独自去国外散心的旅行。

第一站是英国伦敦。刚下机场大巴就被扑面而来的冷雨和巨大的鸽子吓了一跳，她发了条朋友圈疯狂吐槽，收到万年潜水党陆子泽的一条评论说：那你千万不要去特拉法加广场了。

她才猛然想起陆子泽也在英国。

于是她点开私聊，问他在哪里。他说现在在伦敦参加研讨会，真是巧。朱颜理所应当地敲诈他一顿饭，见面时看到他一身黑色大衣仍然风度翩翩的样子，她笑着跳起来摸他的头发，说："英国水质那么硬你都没秃头，可见上帝也是偏爱帅哥多一点的。"

陆子泽不好意思地笑，流光闪烁的眼睛深深地注视着她，说："你一点都没变。"

朱颜撇撇嘴："谁说的，我觉得我变美了很多。"

陆子泽失笑。

两个人一起吃了晚饭，再聊起从前很多事情，除了傻笑已经没有其他感觉了，这就是长大的好处。

陆子泽第二天就回利物浦去了，朱颜在伦敦待了小半天觉得了然无趣，又提着行李追到了利物浦。

在火车站时她还有些犹豫，问陆子泽："你有没有找漂亮的英国美眉谈恋爱？"

他回得简单："没有。"

"单身狗？"

"嗯。"过了一会儿，他又问她，"你呢？"

"同类同类。"

这时火车进站了，她从候车椅上站起来，听着耳边呼啸而过的风声。她问陆子泽："如果雨天再来，只有一把伞，你还会把它留给我吗？"

他回得很快很干脆："会。"

"那我来了。"

【3】

朱颜的班车和陆子泽差了四个小时，下火车的时候她拖着行李匆匆往外走，低头摸手机时听到有人在喊自己的名字，一侧脸看到站在长椅前的陆子泽。他的行李都还放在身侧，看样子是坐在这儿等了很久。

一秒都没多想，她直接奔到他面前。

朱颜问他："你怎么知道我一定会来？"

他笑着牵她的手："因为我每次看向你的眼睛时，它都在说，你想跟我走。"

Qinai De Shaonian , Jiudengle

番外二

你是永恒的白昼

【1】

白简行博士毕业后没有选择接受京大抛出的橄榄枝而留任，反而野心勃勃地独自创业开起公司来。虽然读博的两年为他在国内人脉、资源方面的积累打下了不错的基础，但创业毕竟不是件简单事，其中的琐碎和艰辛远超想象，最艰难的那段时间白简行甚至忙到每天只睡两三个小时。

人一旦缺少睡眠，就会变得暴躁易怒，这是生理构造在先天就决定了的问题，白简行哪怕是再努力控制也难免会有发脾气的时候。自然，偶尔也会波及来帮忙的温觉非。一开始她还能忍耐，毕竟事出有因，她也很心疼白简行的辛苦，但被冷落超过三次之后就无法淡定了，各种委屈和不安都塞在心里，两个人就这样爆发出第一次争吵。

白简行对她突然的爆发有些莫名其妙，但不想继续吵下去彼此伤害，便拿了车钥匙出门了。温觉非坐在公寓里继续生闷气，想着想着又觉得是自己太过于无理取闹了，在这样的关键时刻，应该更加体谅他支持他才对的。

于是在半小时后，听到门外有开锁的声音时，她已经站在门后措好词准备道歉了。门一打开，是负手立在外面的白简行，他们一个站在里面一个站在外面，惊讶地对视一眼。

温觉非突然想起自己吵架时的歇斯底里，红了脸，低下头一句话都没能说出来。

他没进门，小声问出一句："你都偷偷看我了，应该是已经原谅我了吧？"

她眼眶一热，用细如蚊哼的声音回答："是我错了才对……"

白简行知道她重拾理智了，如释重负地松了一口气，安慰道："没事。我没生你的气。"

"你都气得摔门了……"

"好像是有点冲昏了头脑，但真的没有摔门，只是没控制好力气，不是故意弄出那么大声音的。"

温觉非怨怨地抬头看他，一双剪水眸写满了委屈。白简行看得心碎不已，也顾不上什么步步为营了，他揉着额头无奈叹一口气，给她看藏在身后的一束小雏菊，然后把她拉进怀里，说："我是去给你买花了。刚才是不是吓着你了？真的很对不起……"

话还没说完，眼前的小姑娘就红了眼，一把扑进他怀里，带着哭腔呢喃着对不起。第一次吵架的结果竟然是两个人都轮番说着对不起，白简行忽然觉得很可爱又很好笑，低头轻吻她的头发，说："去的时候花店都要关门了，剩下的这些花都不是特别好看。但是我想让你知道我爱你，胜过我拥有的、没拥有的一切。"

【2】

温觉非研二的那个暑假跟导师去国外跑项目，一走就是三个月，这说明他们即将迎来恋爱后最长时间的一次分别。白简行对此一直颇有不满，但碍于面子没好意思表达出来。

出发之前，温觉非把白简行隆重交托给他的助理 David，一个来自美国的华裔男生，还被 David 调侃道："放心吧白太太，我一定二十四小时不间断地给您汇报白总的行踪。"

这还没结婚呢，他公司里的人就一口一个白太太叫得起劲。温觉非有些无奈，但也没打算纠正。

结果汇报行踪这事儿根本轮不到 David 来做，白先生自己就恨不得变成自己的实时监测器，能二十四小时不间断地连接着温觉非。

"在公司里待着有点无聊，我现在下楼去买奶茶。"

"这奶茶好一般。"

"不过 David 订的这个抹茶芝士蛋糕还不错。"

"我留了地址，下次带你去吃。"

"仔细算算，我们在一起四年六个月零十七天了。"

"我好像越来越喜欢你了。看到好吃的都想带你去吃，看到美好的都想买给你。"

彼时温觉非正忙着和同事做实地勘测，打开手机时她的白先生已经一个人叨叨了好久，最后一句是："刚才有个女孩说我眼睛很好看。"

她马上回："那你怎么说的？"

"我转了一下戒指，说我太太也这么觉得的。"

她看着屏幕笑出声来："求生欲很强嘛。"

"太太调教得好。"

……

【3】

温觉非回国那天，白简行提早一个小时就到了机场，航班还稍微延误了，等得他心急如焚。温觉非风尘仆仆地下了飞机，取了行李之后都还没走到到达大厅，很远就看到白简行把怀里的花一把塞给 David 然后朝她跑过来，二话没说紧紧抱住她。

温觉非整个人被他圈在怀里，还不忘揶揄他："花怎么不拿来给我？"

"把我拿给你还不够？"

"可是你都买了呀。"

"那我下次不买了。"

"为什么？"

"你拿着花，怎么有空抱我？"

一旁被扔下的 David 有些不可思议，刚才还在公司里黑着脸不带脏字地怼客户，在女朋友面前却能毫不含糊地撒娇示爱，他老板这是分裂了吗？

......

回到家之后，她看到桌上摆着一张烫金卡片，典雅精美，上面是白简行亲手写的字。这个男人真是拥有刻进骨子里的浪漫——

"这是我经历过最漫长的黑夜，整整三个月没有见到星星，也没有听到过自己存活着的声音。好在，星球运转，昼夜轮换，我终于要从梦里苏醒，因为，你回家了。"

图书在版编目（CIP）数据

亲爱的少年，久等了 / 杨清霖著 . — 上海：上海文化出版社，2019.11

ISBN 978-7-5535-1742-1

Ⅰ.①亲… Ⅱ.①杨… Ⅲ.①长篇小说－中国－当代 Ⅳ.① I247.5

中国版本图书馆 CIP 数据核字 (2019) 第 184182 号

责任编辑　蔡美凤
特约编辑　封　言
装帧设计　颜小曼　cain 酱
特约绘制　零　玉
印务监制　周仲智
责任校对　周　萍

亲爱的少年，久等了

杨清霖　著

出　　版　上海文化出版社

出　　品　上海故事会文化传媒有限公司

　　　　　（200020 上海市绍兴路 74 号　www.storychina.cn）

发　　行　上海文艺出版社发行中心

　　　　　（上海市绍兴路 50 号）

印　　刷　长沙鸿发印务实业有限公司

开　　本　880×1230　1/32　　印　　张　9.125

版　　次　2019 年 11 月第 1 版　　印　　次　2019 年 11 月第 1 次印刷

书　　号　ISBN 978-7-5535-1742-1/I.688

定　　价　36.80 元

 上海故事会文化传媒有限公司　出品（00886）www.storychina.cn

本书如有印装问题，请与印刷厂联系调换。联系电话：0731-82755298